Ansgar Fabri

Feuerernte

ANSGAR FABRI

FEUERERNTE

THRILLER

TWENTYSIX

Bibliografische Information der Deutschen Nationalbibliothek: Die Deutsche Nationalbibliothek verzeichnet diese Publikation in der Deutschen Nationalbibliografie; detaillierte bibliografische Daten sind im Internet über www.dnb.de abrufbar.

TWENTYSIX – der Self-Publishing-Verlag

Eine Kooperation zwischen der Verlagsgruppe Random House und BoD – Books on Demand

Herstellung und Verlag:
BoD – Books on Demand, Norderstedt

© 2020 Ansgar Fabri

Covergestaltung: Germancreative-Fiverr

ISBN: 9783740768812

WIDMUNG
Für meine Eltern Josi und Wolfgang Fabri
und Schwiegereltern Christa und Helmut Gerlach

»Feder und Papier entzünden mehr Feuer als alle Streichhölzer der Welt.«

Malcolm Forbes (1919 – 1990), amerikanischer Verleger

Kapitel 1

Mönchengladbach, in einem Maisfeld

Rolf Habichts Gummistiefel platschten in eine Schlammpfütze, braunes Wasser spritzte auf und besprenkelte seine Nadelstreifenhose. Schlammflecken überzogen schon längst den Aufdruck »*Presse*« auf seinem Kamerarucksack.

Der Trampelpfad, der sich durch das Maisfeld schlängelte, verwandelte sich in eine einzige Matschpiste. Über dem Feld formte sich ein Wolkengebirge, das Habicht unmissverständlich klarmachte, bald den Regenschutz für seine Kamera aus dem Rucksack ziehen zu müssen. Er hoffte, wieder in seinem Van zu sitzen, wenn das Unwetter lostobte.

Hinter ihm raschelte es im Mais, dann stand ein alter Mann mit verschlissenem Karohemd und Cordhut neben ihm.

»Das Ding steht direkt da vorne!«, sagte er.

Wie war gleich der Name des Landwirts, der sich wegen seiner »beunruhigenden Entdeckung« beim Sender gemeldet hatte? Hubert Eschwede? Habicht war sich nicht sicher. Es war ihm aber auch egal. Für ihn war das eine verspätete Sommerlochgeschichte. Und dass er sich nun mit seiner Kamera durch das Maisfeld schlagen durfte, um hier einen TV-Beitrag zu drehen, ein Beleg für das Dahinsiechen seiner Karriere.

»Wer ist eigentlich Ihre Kamerafrau?«, fragte der Mann, der möglicherweise Hubert Eschwede hieß, während sie über die Schlammpiste staksten.

»Sie meinen Emma Fink. Sie ist keine Kamerafrau, sondern ausgebildete Journalistin«, gab Habicht knapp zurück.

Der Landwirt ließ sich von Habichts abweisender Art nicht abschrecken.

»Und der Kleine, den Sie mitgebracht haben? Ist das...«

»‚Der Kleine' heißt Piet Fink. Und ja: Emma ist seine Mutter – und nein, ich bin nicht der Vater!«, blaffte Habicht.

»Nehmen Sie ihn immer zu Dreharbeiten mit?«, hakte der Landwirt nach.

»Nur noch so lange, bis die sendereigene Kita einen freien Platz für ihn hat.«

Donner rollte über das Maisfeld, ein leichter Wind kam auf und raschelte durch Halme und Blätter.

Habicht blickte sich suchend um. Wo ist Piet eigentlich?, fragte er sich, als neben ihm auch schon die Maishalme auseinanderflogen. Ein kleiner Junge, der ihm nicht einmal bis zur Hüfte reichte, sprang hervor und landete mit seinen bunten Gummistiefeln im Matsch.

»Buh!«, rief er und fragte dann: »Wann sind wir da?«

Der Bauer ging in die Hocke und zeigte den Trampelpfad entlang.

»Siehst du die Biegung dort drüben?«

Piet nickte.

»Dahinter. Aber du darfst dich nicht erschrecken, okay?«

Piet nickte erneut und kündigte dann an: »Ich geh' mal zu Mama!«

»Nicht nötig, ich bin schon da!«, hörten sie hinter sich eine Frauenstimme.

Emma Fink platschte durch den Schlamm. Anders als Rolf Habicht, der mit Gummistiefeln und 200-Euro-Anzug durch das Feld stapfte, trug sie Wanderstiefel, Jeans, eine braune Jacke mit aufgenähten Taschen und eine Kappe. Schlamm bedeckte ihre Hosenbeine bis zu den Knien. Das Einzige, worauf sie zu achten schien, war, dass der Kamera in ihrer Hand nichts zustieß.

»Sind Sie hingefallen?«, fragte der Landwirt mit Besorgnis in der Stimme.

Emma schüttelte den Kopf. »Ich habe ein paar

Bilder von der Umgebung und dem Trampelpfad gemacht. Für einige aus sehr niedriger Perspektive musste ich mich hinknien. Ich denke, diese Aufnahmen fangen die Atmosphäre ganz gut ein.«

Piet lief los. Wasser spritzte bei jedem seiner Schritte.

»Über Sie habe ich so einiges im Internet gelesen«, begann der Landwirt wieder im Plauderton an Habicht gewandt.

»Bestimmt nur Gutes!«, brummte der sarkastisch und stapfte weiter.

»Naja...« Der Alte lächelte nervös und rückte seinen Cordhut zurecht. »Da stand oft, dass Sie so gemein zu Politikern sind...«, antwortete er dann nur noch halb so laut wie zuvor.

Emma zog ihre Kappe ab und strich sich über die Stirn. »Glauben Sie nicht alles, was man Schlechtes über Rolf schreibt oder sagt. Ich kenne ihn schon lange und kann Ihnen versichern: Der ist noch viel schlimmer.«

Der Wind rauschte stärker als zuvor durch das Maisfeld, doch trotzdem hörten sie Piet entsetzt schreien: »Hier ist ein Monster!«

Sie rannten in die Richtung, aus der Piets Weinen drang, die letzten Meter rutschte Habicht über die

Schlammpiste und wäre fast gefallen. Hinter dem entsetzten Vierjährigen stand das »Monster«.

Der aus altem Sackleinen gefertigte »Kopf«, größer als ein Medizinball, thronte gut drei Meter über ihnen auf einem hölzernen »Hals«, an dem ein schwarzer, zerlumpter Umhang wehte. Darunter flatterte ein ebenfalls schwarzer Rock, dessen Länge Habichts komplette Körpergröße übertraf. Die grotesk langen Arme standen gerade vom Körper ab und verliehen dem Ding die Form eines Kreuzes. Grob gezimmerte Holzkrücken an den Unterarmen stützten es. Maisbündel, so dick wie Habichts Oberschenkel, bildeten die Arme.

Doch es waren die »Hände« der monströsen Konstruktion, die selbst Habicht eine Gänsehaut über den Rücken jagten: Jeweils fünf Eisenkrallen, jede von der Größe einer Sensenklinge, blitzten da hervor.

»Du kümmerst dich um Piet. Ich komm' schon klar«, raunte Habicht und zog den Reißverschluss seines Kamerarucksacks auf. Der Landwirt hockte sich zu Piet. »Das ist doch nur eine sehr hässliche Vogelscheuche. Sowas baut man normalerweise, um Vögel zu erschrecken, damit sie uns nicht die Ernte auffressen.«

Eine beruhigende Erklärung für Piet, dachte Habicht. Allerdings vermutete er, dass sie gerade vor etwas anderem als einer Vogelscheuche standen – und wenn er Recht behalten sollte, wäre Piet mit seinem spontanen Ausruf deutlich näher an der Wahrheit gewesen.

»Naja, und *die* hier erschreckt eben auch Menschen«, hörte er den Bauern sagen, wobei Habicht sich nicht sicher war, ob er bewusst mit Piet sprach oder laut nachdachte.

Habicht nahm das Stativ aus dem Rucksack, zog die Metallbeine aus, stellte es auf den morastigen Untergrund, montierte darauf die Kamera und stülpte den Regenschutz darüber. Dann richtete er das Stativ mit einer integrierten Wasserwaage so aus, dass es gerade stand. Mit Sorgenfalten blickte Habicht zu den dunklen Wolken. Wie viel Zeit blieb ihnen, bis ein Gewitterregen über das Feld peitschte? Zehn Minuten? Fünf Minuten? Oder noch weniger?

Habicht zog ein Ansteckmikro und einen Nackenbügel-Kopfhörer aus dem Rucksack.

»Herr, äähhh...«

Der Landwirt drehte sich von Piet weg und blickte in Habichts Richtung: »Eschwede«, ergänzte er.

»Wollte ich gerade sagen!«, behauptete Habicht, der schon auf den alten Mann zueilte, um ihm das Mikrofon anzustecken.

Emma strich Piet beruhigend durch die Haare. »Ich komme jetzt, dann kannst du das Interview führen«, sagte sie an Habicht gewandt.

Der schüttelte nur den Kopf und sprang schon hinter die Kamera. »Wir bauen den Beitrag anders auf. Ich habe schon eine Idee. Bleib bei Piet«, beschloss er und wandte sich Eschwede zu. »Stellen Sie sich bitte da vorne vor das Ding! Nein, einen Schritt nach links, bitte. Ja, genau so!« Habicht startete die Aufnahme.

»Erzählen Sie uns doch, wie Sie diese Entdeckung gemacht haben.«

Eschwede biss sich auf die Unterlippe, schluckte, dann: »Naja, ich habe sie gestern in der Morgendämmerung das erste Mal gesehen. Ich sah zuerst nur etwas Rotes leuchten und dachte: ‚Das sieht aus wie Augen, aber das können ja keine Augen sein.' Also bin ich in die Richtung gegangen und habe den Trampelpfad gefunden. Der war am Abend vorher auch noch nicht da gewesen. Und dann bin ich rein ins Feld und hab' das Ding gefunden.«

»Und was haben Sie gedacht, als Sie hier ankamen?«, fragte Habicht weiter.

»Ja, was hab' ich da gedacht? ‚Heilige Maria, Mutter Gottes, was ist das denn hier?', hab ich mir gedacht.«

Habicht nickte und fuhr fort: »Haben Sie so etwas schon einmal gesehen?«

Eschwede schüttelte heftig den Kopf. »Sowas ist mir in über fünfzig Jahren Landwirtschaft noch kein einziges Mal begegnet.«

»Haben Sie eine Vermutung, wer dahintersteckt?«, wollte Habicht wissen.

»Nee!«

»Oder, warum jemand so etwas baut?«, hakte Habicht nach.

»Nee!«

Ein Donnergrollen, lauter als das vorherige, gab Habicht eine gute Gelegenheit aufzuhören. Er stellte die Kamera ab und rief Eschwede zu: »Super! Vielen Dank! Das war's schon!« Der nickte erleichtert.

Von irgendwo klang die erste Strophe von dem R.E.M.-Lied »Bad Day« zu Habicht herüber.

»Dein Handy!«, rief Emma. »Stell's das nächste Mal auf lautlos, bevor du dir noch den Dreh versaust!« Sie griff in ein Außenfach des Kamerarucksacks und zog das Mobiltelefon heraus.

»Wer ist denn ‚*Single des Jahres*'«, fragte sie mit irritiertem Blick auf das Display und warf ihrem Kollegen das Handy zu.

»Na, wer wohl?«, gab Habicht zurück.

»Unser lieber Redaktionsleiter Les Russo ist schon wieder geschieden?«, fragte Emma erstaunt. Habicht zuckte nur mit den Achseln.

Sie beide hatten in den letzten Jahren drei verschiedene Eheringe an Russos Hand gesehen, weswegen er Emmas Verwunderung nicht nachvollziehen konnte. Russo war ein Genie, wenn es um Zahlen ging. Bei Hochrechnungen, Umfragen und Statistiken blühte er auf, im Zwischenmenschlichen tat er sich dagegen oft schwer.

»Piet und ich packen alles ein. Geh du mal ran!«, entschied Emma. Habicht verdrehte die Augen, seufzte und nahm den Anruf entgegen.

»Hi, Rolf! Bist du schon mit dem Beitrag fertig?«, begrüßte Russo ihn mit freundlich-nervigem Elan in der Stimme.

»Wir haben alles gedreht. Jetzt müssen wir es nur noch schaffen, aus dem Maisfeld zu kommen, bevor uns der Blitz trifft«, blaffte Habicht.

»Der Blitz trifft?«, echote Russo, wobei er eher interessiert als besorgt klang. »Gibt es etwa Gewitter bei euch?«

Habicht blickte zum Himmel. »Es hat sich zugezogen und sobald das losgeht, wird's hier heftig zur Sache gehen!«

»Komisch, dein Freund Kyrill hat eben im Wetterbericht nichts von einem Gewitter gesagt. Du und Emma, ihr seid doch in Mönchengladbach, oder?«, fuhr Russo fort.

»Ja, wir sind in Mönchengladbach, der spannendsten Stadt am Niederrhein!«, schnaubte Habicht.

»Das freut mich, dass du die Stadt magst! Könntest du morgen noch einen Termin dort machen?«

Habicht knurrte verärgert, doch bevor er etwas sagen konnte, redete sein Redaktionsleiter schon weiter: »Aber vielleicht vorher noch etwas zu eurem Beitrag über die Vogelscheuche...«

»Das ist keine normale Vogelscheuche!«, warf Habicht ein, »oder besser gesagt: Das ist *gar keine* Vogelscheuche. Das ist das Ergebnis einer ziemlich gestörten Aktion«, fuhr er fort und blickte zu der bizarren Gestalt: »Übermenschliche Größe, schwarze Lumpen, ein wehender Rock, die Krücken, lange Arme – dann die Krallen aus Eisen! Als wir die ersten Beschreibungen in die Redaktion bekommen haben, war meine Vermutung schon, dass das etwas anderes ist als eine Vogelscheuche. Daher habe ich recherchiert. Das, was dieses Ding hier aufweist, sind alles Attribute einer sogenannten ‚Kornmuhme'.«

Diesmal vergingen einige Sekunden, bis Russo wieder etwas sagte. »Und was ist das?«, fragte er dann unsicher.

»Ein weiblicher Korndämon, ein Kinderschreck aus der deutschen Sagenwelt«, erklärte Habicht.

»Aber wer sollte so etwas bauen?«, fragte Russo.

»Keine Ahnung. Umweltaktivisten, die so auf irgendetwas aufmerksam machen wollen? Etwas, mit dem sie erst dann rausrücken, wenn es bereits mediale Aufmerksamkeit gibt? Oder durchgeknallte Jugendliche, die das witzig finden? Möglicherweise Performance-Künstler? Oder aber You Tuber, die ein Video produzieren wollen, das dann ‚viral geht' und die sich freuen, dass wir Deppen von den ‚alten Medien' für sie eine riesen Aufmerksamkeit schaffen?«

»Ich bin auf deinen Filmbeitrag gespannt.«

»Ich setz' mich nachher ans Schneiden«, versprach Habicht.

Er würde den Beitrag alleine in seinem Van bearbeiten. Dort hatte er alles, was er brauchte: Neben der Hard- und Software waren das Ruhe und zwei Flaschen Cognac, von denen er gleich eine öffnen würde, um dann entspannt diese belanglose Geschichte aufzupolieren.

»Du kannst die Kameraausstattung direkt behalten. Morgen ist doch der Blutmond, und da fänden wir ein paar gruselige Bilder mit der Vogelscheuche klasse!«

Habicht schnaubte verärgert: »Hast du noch 'ne blöde Idee?«, fragte er Russo.

»Ja!«, rief der fröhlich: »Such doch mal einen Astronomen oder so, der dir ein Interview gibt und erklärt, was ein Blutmond eigentlich ist!«

Ein Donner ließ die Luft erzittern. »Oh, ihr habt wirklich ein Gewitter! Spannend!«, hörte Habicht noch Russo, dann legte er auf.

»Wir können los!«, rief Emma.

Mit Blicken suchte Habicht nach Piet. Sein Magen zog sich zusammen, als er das Kind vor dem wehenden Rock der riesigen Kornmuhme hocken sah.

»Pack nochmal die Kamera aus!«, entfuhr es Habicht.

»Was ist denn?«, fragte Emma, die nervös auf einem Kaugummi herumkaute. Sie folgte seiner Blickrichtung, ihre Kaubewegungen verlangsamten sich.

Die Augen der Kornmuhme leuchteten nun rot, genauso wie es der Bauer gesagt hatte. Habicht vermutete, dass ein Lichtsensor die Augen ein- und ausschaltete. Die Gewitterwolken verdunkelten den Himmel nun so stark, als würde es dämmern. Wer mit welcher Absicht auch immer dieses monströse Ding errichtet hatte – er hatte sich sehr viel Mühe gegeben. Und weder er noch Emma oder Eschwede hatten eine Vorstellung davon, was für Überraschungen die Kornmuhme noch bereithielt.

»Okay, ich hab' Bilder in der Totalen und als Close-up«, sagte Emma.

Der Wind bauschte den schwarzen Lumpenrock der Kornmuhme, so dass Piet einen Moment dahinter verschwand.

»Piet! Komm bitte, wir müssen sofort los!«, rief Emma mit zitternder Stimme.

»Warum hat die Vogelscheuche eigentlich eine Schublade?«, rief Piet zurück und dann: »Ist das ein Geheimfach?«

Habicht und Emma wechselten einen schockierten Blick, dann rannten sie los und sahen noch im Laufen, wie Piet sich am Sockel der Kornmuhme zu schaffen machte und etwas Weißes herauszog.

»Kuck mal da!«, rief Piet strahlend und streckte ihnen einen weißen Kunststoffordner entgegen.

Habicht nahm ihn an sich. Kein Logo, keine Aufschrift. Er schlug ihn auf: Tabellen mit Zahlen und kurzen Einträgen.

»Was ist das?«, fragte Emma.

Habicht zuckte mit den Achseln und schüttelte mit gerunzelter Stirn den Kopf.

»Sie tragen Ihre Rucksäcke und ich das Kind! Was halten Sie davon?«, rief Eschwede, der nervös auf- und abging und dann: »Wir müssen wirklich los!«

»Ich habe keine Ahnung, was es damit auf sich hat, aber das sind Wetterdaten«, stellte Habicht nun fest. Er blätterte ein paar Seiten zurück. »Die Aufzeichnungen beginnen vor etwa zwei Monaten und enden...« Er blätterte vor, dann wieder zurück, dann noch einmal vor. »Sie enden in drei Wochen!«

»Nimm den Ordner mit, aber Eschwede hat Recht«, raunte Emma.

Habicht nickte. Es donnerte erneut, ein dicker Regentropfen klatschte auf seine Stirn. Bevor er den Ordner zuschlug, warf er einen Blick auf das heutige Datum. Dort stand: »Ca. 20 Grad, nach 17 Uhr Gewitter.«

Kapitel 2
Mönchengladbach, Haus Erholung

Der Ordner mit den Wetterdaten ließ Rolf Habicht nicht mehr los, sein journalistischer Jagdinstinkt war geweckt. Am nächsten Tag zog er die Mappe immer wieder aus seinem Rucksack und glich die Daten mit den Vorhersagen von verschiedenen Wetter-Apps auf seinem Smartphone ab. Das Ergebnis: Die einzig korrekte Vorhersage stammte aus dem mysteriösen Ordner, den Piet im Sockel der Kornmuhme im Maisfeld gefunden hatte.

So wie es in der Tabelle zu lesen war, schien jetzt die Sonne an einem wolkenlosen Himmel. Habicht ließ sich auf eine der Bänke im Biergarten am »Haus Erholung« in der Mönchengladbacher Innenstadt nieder. Er bestellte einen Wein, wartete, bis der Kellner sich ein paar Schritte entfernte, dann zog er erneut den Ordner hervor und öffnete auf seinem Smartphone eine Wetter-App.

Er vermutete, dass es einen Trend gab, den er erneut überprüfen wollte. »Bingo!«, murmelte er, öffnete dann eine weitere App und noch eine. Jedes Mal das Gleiche: Die immer wieder mit aktuellen Daten gefütterten Wettermodelle, die die Apps ausspuckten, näherten sich im Laufe des Tages dem aktuellen Wetter und den Wetterdaten aus dem Ordner an. Warum das so war, konnte sich Habicht nicht erklären.

Ob er seinen Kollegen Kyrill aus der Wetterredaktion ansprechen sollte? Aber wie sollte er das machen? Habicht stellte sich das Gesicht des Meteorologen vor, wenn er ihn anrufen würde und dann sagte: »Hey, Kyrill, der vierjährige Sohn von Emma Fink hat in einer Kornmuhme eine Sammlung von Wetterdaten gefunden, die in den letzten Tagen wohl korrekter waren als eure langfristigen Vorhersagen. Ach ja: Das Dokument ist sechs Wochen alt. Wie erklärst du dir das?«

Die Vorstellung von Kyrills Gesichtsausdruck belustigte Habicht zwar, aber er wollte lieber zunächst die Daten in den kommenden Tagen weiter abgleichen.

Der Kellner servierte ihm den Wein. Habicht spülte den Frust darüber herunter, dass er in ein paar Stunden einen Beitrag über den »Blutmond« drehen sollte und bestellte sogleich noch einen Wein.

Sein Smartphone summte, und ein kleiner Briefumschlag leuchtete auf dem Display auf. Es war eine Nachricht von Ludwig Jovanovic, Habichts Interviewpartner für den Blutmond-Beitrag.

Jovanovic war ein Wissenschaftsjournalist aus Mönchengladbach, der einen Abschluss in Astronomie hatte und für die Rheinische Post sowohl über naturwissenschaftliche Themen als auch über Computerspiele und »Star Wars« schrieb.

Dass Jovanovic beim reißerisch-unwissenschaftlichen Wort »Blutmond« und bei der »gruseligen« Location für das Interview gestutzt hatte, machte ihn Habicht sympathisch. Er nahm einen Schluck Wein und überflog die Mail:
»Danke für die Interviewfragen! Bis heute Abend an der ‚Kornmuhme'!«, stand da.

Ein Schatten legte sich über Habicht und sein Smartphone: »Ein toller Bericht über die Kornmuhme im Maisfeld!«, tönte eine Stimme mit einer Begeisterung, die Habicht sofort als übertrieben und gespielt empfand. Er hob langsam den Blick.

Wer auf diese Weise Kontakt mit ihm aufnahm, war erfahrungsgemäß ein Fan, ein Stalker oder ein Vollidiot. Oft eine Mischung aus den Optionen eins und drei oder den Optionen zwei und drei.

Kaum eine Armlänge entfernt stand vor ihm ein junger Mann mit Kurzhaarschnitt, das Gesicht wie gemeißelt und strahlte ihn an. Habicht schätzte ihn auf vielleicht Anfang 20. Der Kerl hob langsam einen Zeigefinger, tippte damit in Richtung Habicht und setzte dann seine Ansprache fort:

»Sie sind Rolf Habicht! Der preisgekrönte Fernsehjournalist! Das habe ich sofort gesehen.«

Habicht nickte langsam, dann hob er auf die gleiche Weise den Zeigefinger und sagte: »Und Sie sind Captain America! Der berühmte Held aus den Marvel Comics! Das habe ich sofort gesehen!«

Für den Bruchteil einer Sekunde kniff »Captain America« die Augen ein Stück zusammen und sein Lächeln wurde schmaler. Dann gewann er die Kontrolle über seine Mimik zurück, um bemüht fröhlich fortzufahren: »Ihre Reportage hat mir sehr gut gefallen. Darf ich mich einen Moment zu Ihnen setzen?«

Bevor Habicht eine provokative Bemerkung abschießen konnte, saß der Kerl ihm schon gegenüber auf der Bierbank.

»Schön, dass es Ihnen gefallen hat. Vielleicht ist Ihnen auch aufgefallen, dass ich in dem Beitrag nicht zu sehen war und das Voiceover eine Frau gesprochen hat. Oder finden Sie, dass ich eine Frauenstimme habe?«

Diesmal ließ sich der junge Mann von Habichts Provokation nicht irritieren. »Ihr Name wurde am Ende der Sendung eingeblendet, was Sie klar als Autor des Filmbeitrags erkennbar machte.«

»Und was kann ich für Sie tun, Captain America?«, fragte Habicht und leerte sein Weinglas.

Der Mann lächelte, allerdings sah es dieses Mal eher wie ein Zähnefletschen aus.

»Mein Name ist Gunnar Boldar. Und ich möchte Ihnen ein Jobangebot machen.«

Habicht verschluckte sich am Wein und hätte ihn fast in einem Schwall über den Rasen des Biergartens gespuckt. »Sie wollen *was*?«, fragte er hustend.

»Wir können einen guten Fernsehjournalisten für qualitativ hochwertige Filmbeiträge gut gebrauchen.«

Habicht winkte ab. »Ich mache keine Comic-Verfilmungen.«

Boldar biss die Zähne zusammen. »Jetzt weiß ich, was die Leute meinen, wenn sie sagen, dass Sie ‚schwierig' seien.«

Habicht machte eine wegwerfende Bewegung. »Politiker können mich nicht leiden. Und einige Promis auch nicht. Das hat vor allem zwei Gründe. Erstens: Ich mag sie auch nicht. Zweitens: Die Leute mögen es nicht, wenn ich merke, dass jemand lügt oder ein Idiot ist.« Habicht zeigte beiläufig auf Boldar. »Und glauben Sie mir: Ich erkenne Idioten.«

Auch diese Beleidigung überging Boldar. »Das sagen Leute aus dem TV-Geschäft«, konterte er und fuhr fort: »Sie hatten früher ein eigenes Talk-Format, haben im Studio Berlin und später Washington gearbeitet, bekamen mehrere wichtige Journalistenpreise verliehen und produzierten etliche, oft hoch gelobte Reportagen. Aber jetzt machen Sie Drei-Minuten-Beiträge über ‚Kornmuhmen' am Niederrhein und sitzen nachmittags allein in einem Biergarten.«

Habicht fixierte den jungen Mann. Was wollte der? Dass der Typ *kein* Idiot war, hatte Habicht von Anfang an gespürt. Die Behauptung hatte auch nur darauf abgezielt, ihn aus der Reserve zu locken. Aber dieser Boldar – sofern er denn überhaupt so hieß – war in jedem Fall ein Lügner, der gerade irgendein Ziel verfolgte.

»Und was für ein einflussreicher Mann sind Sie, der des Googelns mächtig ist und großkotzig Jobangebote verkündet, wenn er nichts Besseres zu tun hat, als nachmittags alleine in einen Biergarten zu gehen? Oder wussten Sie, dass ich hier bin?«

Gunnar Boldar lächelte nun wieder, vermutlich weniger aus Freundlichkeit als vielmehr deshalb, weil er Rolf Habicht dort im Gespräch hatte, wo er ihn haben wollte.

»Sagen wir es so«, begann er langsam. »Ich arbeite führend in einem Unternehmen, das sich mit ‚Smart Farming' beschäftigt. Wir bringen moderne Informations- und Kommunikationstechnologien in der Landwirtschaft gewinnbringend ein. Geo-Positionierungssysteme, Drohnen, Robotik und noch einiges mehr. Wir können mit Satellitenbildern hochauflösende Karten erstellen und dabei Geländeeigenschaften, Humusgehalt und Bodenfeuchte berücksichtigen. Uns geht es um nachhaltige Landwirtschaft. Wir wollen unter anderem seltene Getreidesorten erhalten, den Umgang mit Wasser optimieren und somit Wasser sparen. In den USA werden Instrumente des Smart Farmings bereits bedeutend häufiger genutzt als in Europa.«

Hilfesuchend blickte Habicht auf sein Weinglas, doch das war längst leer. Er hob die Hand, als wollte er einen bellenden Hund beschwichtigen. »Okay, ich glaube, ich habe es kapiert!«, sagte er laut.

Boldar verstummte und blickte ihn herausfordernd an.

»Ihr braucht also einen Typen, der Werbe- und Imagefilme produziert«, folgerte Habicht.

»Interessiert?«, fragte Boldar wieder mit einem breiten Lächeln und ergänzte: »Wir zahlen besser als die Auftraggeber, für die Sie Ihre Kornmuhmen-Beiträge machen.«

»Woher wollen Sie wissen, was die mir zahlen?«, hielt Habicht dagegen.

Boldar lächelte noch breiter. »Ich weiß nicht, was die zahlen. Das muss ich auch nicht. Denn ich weiß, was wir zahlen können. Also: interessiert?« Boldar reichte ihm eine Hand über den Tisch.

»Es gibt Agenturen für solche Jobs. Da bekommen Sie vernünftig gemachte Filme bei Preisen, für die ich nicht mal die Kamera auspacke. Also: Warum wollen Sie mich?«

Boldar lehnte sich entspannt zurück: »Ihre bisherigen Filmbeiträge sind sehr überzeugend. Wir brauchen gute Leute. Sie besitzen einen Universitätsabschluss in Sozialwissenschaften, haben danach ihr Volontariat beim Fernsehen gemacht sowie ein..., sagen wir mal, Bootcamp für Journalisten durchlaufen, das Sie darauf vorbereitete, kurz danach als Embedded Journalist im Irakkrieg mit den amerikanischen Soldaten durch die Wüste zu ziehen. So eine Kämpfernatur gefällt uns.«

Drei Wörter in der vordergründigen Lobeshymne ließen Habicht zusammenfahren: Nahezu alles, was Boldar heruntergerasselt hatte – also sein Studium, journalistische Ausbildung und berufliche Stationen –, ließ sich oft in gleich mehreren Quellen nachlesen. Diese Daten fanden sich in Kurzportraits auf Senderwebseiten oder in Transkripten der Laudationes von Preisverleihungen.

Das, was Boldar jedoch mit »Bootcamp für Journalisten« umschrieben hatte, wurde nirgendwo erwähnt. Habicht war sich sicher, dass Boldar damit das Ausbildungslager gemeint hatte, in dem sich Journalisten auf die Arbeit in Krisen- oder gar Kriegsgebieten vorbereiteten. Habicht und seine Kollegen hatten in diesem Camp von Soldaten militärisches Wissen und Können erlernt. Aber möglicherweise hatten sich Boldar und seine Leute nur gut informiert und waren zu der Vermutung gekommen, dass er ein solches Militärtraining durchlaufen haben musste.

Boldars Stimme, die unvermittelt einen unüberhörbaren Befehlston angenommen hatte, riss Habicht aus seinen Gedanken. »Sie werden das machen!«, sagte Boldar gerade. »Sie werden bei uns zu neuer Größe finden. Ich werde Ihnen sagen, was es dafür zu tun gilt.«

Abrupt stand Rolf Habicht auf, so dass fast die Bierbank umkippte. »Das Gespräch ist beendet, Captain America! Ist das klar?«

Habicht griff nach seinem Rucksack, zog sein Portemonnaie heraus und klemmte einen Zehn-Euro-Schein unter das leere Weinglas. Boldar spulte weiter seine vorbereiteten Argumente ab, sprach aber etwas schneller als zuvor:
»Wissen Sie, was Sie wirklich qualifiziert? Ihr

Talent liegt in Ihren Genen. Ihre Mutter war Theaterschauspielerin in Leipzig, später in Köln, wo sie Ihren Vater kennenlernte. Ihr Vater war beim BND, und wir glauben nicht die Gerüchte, dass er auch für den KGB spioniert hat. Alles, was wir sehen, ist Ihre große Veranlagung für Investigatives und Inszenatorisches!«

Habichts Finger formten eine Pistole, mit der er auf Boldars Brust zielte. »Wagen Sie es nie, nie wieder mit mir zu reden!« Er drehte sich um und ging.

»Ich verspreche es!«, rief ihm Gunnar Boldar hinterher und ergänzte dann noch: »Sofern es mir möglich sein wird!«

Erst nachdem Habicht das Tor des Biergartens hinter sich gelassen hatte und den mit einer Buchenhecke gesäumten Gehweg in Richtung Sonnenhausplatz entlangging, spürte er, dass er zitterte. Vor Wut? Vor Entsetzen? Vielleicht beides.

In jedem Fall wusste dieser Gunnar Boldar viel – viel zu viel über ihn und seine Familie. Alles, was er über seinen Vater gesagt hatte, konnte man nirgendwo auf legale Weise nachlesen. Auch nicht, wo sich seine Eltern einst kennengelernt hatten. Woher also wusste Boldar all das? Und vor allem: Was wollte er wirklich?

Habicht erreichte den Sonnenhausplatz mit den sieben Bronze Eseln, auf denen Kinder saßen und sich mit Smartphones fotografieren ließen. Rolf Habicht sah auf seine Uhr und atmete tief durch. Es war Zeit, den nächsten Dreh vorzubereiten. In ein paar Stunden würde der Blutmond über dem Maisfeld stehen.

Kapitel 3

Blutmond

Die Wolken rissen auf und gaben den Blick auf den Blutmond frei. Maisblätter raschelten in einem leichten Windhauch. Niemand ahnte, zu welcher Katastrophe sich diese Blutmond-Nacht noch entwickeln würde.

Emma Fink ließ Piet auf den Knopf drücken, der die LED-Kopflampe ihrer Kamera einschaltete und mit einer Lichtstärke von 590 Lux den Mais, die Kornmuhme und die beiden Hauptdarsteller des geplanten Filmbeitrags erhellte. Rolf Habicht und Ludwig Jovanovic kniffen die Augen zusammen und wendeten die Köpfe ab. »Dann mal los!«, rief Emma, nachdem sich die beiden an das Licht gewöhnt hatten.

»Herr Jovanovic –, fast jeder kennt das Wort ‚Blutmond', aber kaum einer weiß so genau, was es damit auf sich hat. Sie sind Astronom und können uns sicher erklären, was da über unseren Köpfen vor sich geht«, begann Habicht und hielt dem Wissenschaftsjournalisten das Mikrofon vor den Mund.

»Das Wort ‚Blutmond' ist eigentlich nur ein reißerisches Synonym für eine totale Mondfinsternis. Jetzt gerade stehen Sonne, Erde, der Schatten der

Erde und der Mond fast genau auf einer Linie. Das ist im Grunde schon alles.«

Habicht nickte und schob die nächste Frage hinterher: »Und wie kommt es dabei zu dieser roten Färbung?«

»Diese Farbe hat mit dem Mond nichts zu tun. Sie hat mit unserer Erdatmosphäre zu tun. Ihre Moleküle streuen das Sonnenlicht. Davon ist das blaue, kurzwellige Licht stärker betroffen als das rote, langwellige. Und dieses rötliche Licht trifft dann die Mondoberfläche im Kernschatten der Erde. Übrigens sind bei einem solchen Phänomen verschiedene Rottöne möglich. Welche, hängt von der Temperatur, Feuchtigkeit und dem Staub in der Atmosphäre ab.«

»Letzte Frage. Diesmal wird's mystisch«, leitete Rolf Habicht über. »Wir stehen ja hier auch an dieser beeindruckenden Kornmuhme, die kürzlich über Nacht aufgetaucht ist. Kornmuhmen sind ja auch Gestalten aus der Sagenwelt, und da finden wir ja auch immer mal wieder Mondfinsternisse. Was können Sie denen sagen, die vielleicht mehr als nur ein astrophysikalisches Phänomen darin sehen?«

»Ja, es stimmt, dass manche Menschen darin ein schlechtes Omen sehen oder sogar Vorboten der Apokalypse. Aber Tatsache ist: Der Mond will und kann uns nichts damit sagen. Wenn also heute Nacht eine Katastrophe stattfindet, dann ist nicht der Blutmond Schuld.«

»Super! Wir sind fertig!«, rief Emma. Piet schaltete das LED-Kopflicht aus.

»Wann soll der Beitrag laufen?«, fragte Jovanovic.

»Wenn nichts dazwischenkommt, morgen Abend«, brummte Habicht.

»Wir werden heute Nacht immer mal wieder ein paar Sekunden Material aufnehmen«, ergänzte Emma.

»Das können wir machen, weil wir neben dem Feld illegal zelten!«, rief Piet fröhlich.

Emma funkelte Habicht an. »Das nächste Mal erkläre *ich* ihm, was wir machen!«

Jovanovic nickte. »Okay! Viel Spaß beim illegalen Zelten. Ist ja eine ruhige Gegend, aber passen Sie auf sich auf!«

Kapitel 4
Knapp 30 Minuten vor dem Ereignis

Die Augen der Kornmuhme funkelten über das Maisfeld zu Habicht, Emma und Piets illegalem Zeltplatz herüber. Zwei Igluzelte hatten sie aufgebaut etwas abseits der Brahmsstraße, einer Birkenallee, die direkt auf den Hardter Wald zuführte.

Was soll hier schon passieren?, dachte Rolf Habicht. – Abgesehen davon, dass hier offenbar eine Person oder eine Gruppe nichts Besseres zu tun hatte, als nachts eine Kornmuhme in den Feldern aufzustellen. Ansonsten gab dieser Stadtteil von Mönchengladbach, nach allem, was Habicht bislang mitbekommen hatte, keinen Anlass, besondere Vorsicht walten zu lassen.

Er saß auf einer Isomatte und gönnte sich ein Bier. Plötzlich stand Piet vor ihm mit einem Papierflugzeug in der Hand und auf dem Kopf eine für ihn zu große Kappe mit dem Logo der Deutschen Welle, dem deutschen Auslandsender, für den Emma jahrelang tätig gewesen war.

»Das Flugzeug ist den ganzen Tag auf Entdeckungsreise gewesen, während Mama hier gearbeitet hat«, erzählte Piet und ließ sich neben Rolf auf der Isomatte nieder. »Zeigst du mir Fotos auf deinem Smartphone?«, bat der Junge.

Rolf stellte sein Bier so neben sich, dass Piet es nicht mehr sehen konnte, dann zog er sein Smartphone aus der Tasche, entsperrte das Gerät und öffnete eine Bildergalerie.

»Was willst du denn sehen?«, fragte er.

»Weiß nicht«, gab Piet zurück, zeigte aber bereits auf ein Bild. »Wer ist das?«

»Das ist unser Kollege Kyrill. Er arbeitet in der Wetterredaktion«, antwortete Habicht.

»Und warum hat der dich so böse angeguckt, als du das Bild gemacht hast?«, wollte Piet nun wissen. Emma kam Habicht zuvor: »Wahrscheinlich, weil Rolf ihn wieder geärgert hat!«, rief sie von ihrer Isomatte herüber. Piet blickte mit großen Augen zu Habicht hoch. »Stimmt das?«

»Ja!«, bestätigte der und wischte das Bild weg.

»Auf dem Foto ist Kyrill ja noch böser!«, stellte Piet fest und dann: »Wo hast du Kyrill kennengelernt?«

»In den USA. Da habe ich eine Reportage über ihn gedreht. Als Kyrill noch jung und schön war – das ist sehr lange her –, da war er Tornadojäger in Oklahoma. Da habe ich ihn begleitet. Er hat Filme von Stürmen gemacht, und ich habe Filme von ihm und den Stürmen gemacht. Okay Piet, welche Bilder willst du denn jetzt sehen?«, fragte Habicht.

»Eins, auf dem Kyrill lächelt!«, forderte Piet.

»So ein Bild habe ich nicht. Also: Was möchtest du stattdessen sehen?«

Piet dachte einen Augenblick schweigend nach, nur die Grillen waren zu hören. Habicht drehte sich zur Seite und nahm einen Schluck Bier.

»Die Bilder, wo du und Mama euch kennengelernt habt!«, beschloss Piet schließlich.

»Okay, die Bilder von den Dreharbeiten in China also«, konstatierte Habicht und öffnete die Galerie. Da Piet diese Bilder öfter sehen wollte, gab es zwei digitale Alben mit China-Reportage-Fotos: eines mit dem Titel »Piet« und eines mit dem Titel »Unzensiert«. Dort fanden sich, anders als im Piet-Album, auch die drastischen Szenen der journalistischen Arbeit in China.

»Da hast du Mama das erste Mal gesehen und gedacht, dass sie verrückt ist?«, fragte Piet, als er das Foto einer Straßenszene erkannte.

»Ja, genau!«, bestätigte Habicht und vergrößerte einen Bildausschnitt. »Da hinten vor der Treppe zur U-Bahn hat immer eine Frau gesessen und die hatte ein krankes Baby. Sie hat da um Geld gebettelt, damit sie mit dem Baby zum Arzt gehen konnte. Naja, und sie hatte das Pech, dass eines Tages ein paar Männer sie da vertreiben wollten. Und die hatten Pech, dass deine Mama das gesehen hat.«

»Und was hat Mama dann gemacht?«, fragte Piet weiter, obwohl Habicht ihm die Geschichte schon etliche Male erzählt hatte. »Deine Mama hat das gemacht, was sie besonders gut kann«, fuhr Habicht fort: »Sie hat sich aufgeregt und hat laut geschimpft. Und ich dachte: Entweder ist sie verrückt, weil das gleich riesen Ärger gibt, oder sie ist eine Heldin.«

Piet wischte mit dem Finger das Foto weg. »Und da hast du sie wiedergetroffen?«

Habicht betrachtete kurz die Aufnahme eines Konferenzraums in einem Pekinger Hotel. Mit einem Beamer war der Schriftzug »Untold Storys« an eine Leinwand projiziert.

»Ja, ich dachte: ‚Hey, da ist die Verrückte wieder!' Und dann hat sie einen Vortrag gehalten.«

»Was habt ihr denn in China gemacht?«, fragte Piet nun und gähnte laut.

»In China können Journalisten nicht so frei arbeiten wie hier. Auch als ausländischer Journalist kann man da wirklich viel Ärger bekommen. Und deine Mama, einige andere Kollegen und ich waren da und haben die Themen weiter bearbeitet, über die chinesische Journalisten nicht mehr berichten durften. Deine Mama kann gut Mandarin, also die Sprache, die die meisten Menschen in China sprechen, und hat für die Deutsche Welle viel in Asien gearbeitet. Deswegen konnten wir viel von ihr lernen. Ich war vorher in den USA gewesen. Da zu arbeiten ist etwas völlig anderes.«

Piet rieb sich die Augen und nuschelte vor Müdigkeit: »Worüber habt ihr denn berichtet?«

»Es ging um etwas, was man ‚Urbanisierung‘ nennt«, brachte sich Emma in das Gespräch ein. »Das führt in China oft dazu, dass den Menschen ihr Zuhause weggenommen wird. Wir waren für Dreharbeiten in dem Dorf Da Yan Ge Zhuang. Das ist 50 Kilometer östlich von Peking.«

Habicht wischte das Bild weg. Nun war die prunkvolle Hotelfassade zu sehen, das hohe Eingangsportal mit den typischen roten Laternen dekoriert. Den Rest der Geschichte musste Piet in den nächsten Jahren seiner Kindheit nicht kennen.

Er musste nichts von den Männern erfahren, die ihnen bereits in Da Yan Ge Zhuang aufgefallen waren. Oder davon, dass Emma nachts in eben diesem Hotel an Habichts Zimmertür gehämmert und gerufen hatte, dass er alle seine Datenträger packen sollte und sie beide sofort verschwinden müssten.

Über einen Notausgang und eine klapprige Feuertreppe waren sie geflohen, während ein Schlägertrupp ihre Hotelzimmer durchsuchte, bevor die Männer die Verfolgung aufnahmen.

Habicht war es völlig unwirklich erschienen, als sie in einem nach Müll stinkenden Hinterhof auf zwei Chinesen trafen, die auf Motorrädern mit laufenden Motoren warteten, Emma und er jeweils auf dem Sozius Platz nahmen und durch die nächtlichen Straßenzüge Pekings rasten.

Nach über einer Stunde halsbrecherischer Fahrt, vorbei an schmucklosen Hochhäusern, gelangten sie in die chinesischen Bergwälder. Ihre beiden Fahrer führten sie um einen See herum zu einem kleinen, verwitterten Steinhaus.

Habicht hatte sich weniger als 10 Mandarin-Vokabeln merken können, und so war es immer wieder nur der Name »Emma Fink«, den er in den hektischen Gesprächen ihrer unerwarteten Verbündeten verstand.

Drei Dinge wurden ihm in dieser Nacht klar.

Erstens: Auch wenn in Deutschland kein Fernsehzuschauer etwas mit dem Namen Emma Fink anfangen konnte, so war sie durch die Deutsche Welle in Asien offenbar durchaus bekannt und beliebt.

Zweitens: Emma war extrem gut vernetzt und konnte hervorragend unter Druck arbeiten und organisieren.

Und drittens: Auf sie würde er sich immer verlassen können.

»Schläft Piet?«, fragte Emma.

»Nein, ich bin wach und gar nicht müde!«, rief Piet und sprang zum Beweis auf. »Wieso ist eigentlich der Blutmond weg? Und warum ist es eigentlich so schnell so dunkel geworden?«, fragte Piet und lief ein paar Schritte umher. Habicht legte den Kopf in den Nacken. »Das sind dicke Wolken, Piet.«

»Und warum weht der Wind in Richtung Kornmuhme, aber die Wolken bewegen sich in die andere Richtung?«, wollte Piet wissen.

»Ist das so?«, fragte Habicht und kniff die Augen zusammen, um bei dieser Dunkelheit überhaupt etwas zu erkennen.

Der Wind drückte die Maishalme tatsächlich sanft in die Richtung nieder, in der die Kornmuhme stand, so als verbeugten sich die Pflanzen vor ihr. Und: Die Wolken zogen wirklich fast in die entgegengesetzte Richtung des Windes.

Habicht hatte diese Beobachtungen gedanklich noch nicht in Verbindung bringen können, da stand Piet wieder vor ihm und streckte ihm etwas in seiner kleinen Hand entgegen. »Das habe ich gefunden. Was ist das?«, fragte er.

Es sah aus wie ein weißer Kieselstein, doch als Habicht es berührte, spürte er, dass es sich kalt und nass anfühlte. Es war ein Eisstück, so groß wie ein Eiswürfel, den man sich in einen Cognac warf.

»Scheiße!«, entfuhr es Habicht, während das Eisstück in seiner Handfläche schmolz und das Wasser zwischen seinen Fingern hindurchrann.

»Aber Rolf, das ist doch kein Aa!«, verbesserte Piet.

»Emma!«, rief Habicht, seine Stimme zitterte. »Wir packen nur das Wichtigste ein! Wir müssen hier weg! *Sofort*!«

Kapitel 5

60 Sekunden vor dem Ereignis

Habicht warf sich den schweren Kamerarucksack über die Schulter.

»Was ist denn los?«, fragte Piet verwundert.

Der Wind frischte auf, ein Blitz zuckte über den Himmel. Für den Bruchteil einer Sekunde sah Habicht, wie stark der Wind bereits durch das Maisfeld fegte. Ein solches Wetter hatte weder Kyrill und seine Kollegen noch das mysteriöse Datenheft angekündigt, schoss es Habicht durch den Kopf.

Er schnappte sich Piet und warf ihn wie einen Sack über die andere Schulter. Piet quietschte vor Vergnügen, offenbar hatte Habichts Panik noch nicht auf ihn übergegriffen. Dann spürte Habicht, wie sich das Kind plötzlich anspannte. »*Da! Da hinten!*«, schrie Piet und versuchte, Habichts Kopf in die Richtung zu schieben. Habicht drehte sich um.

Er sah im Wind tanzende Maishalme, bis es erneut blitzte: Vor dem grellweißen Licht erkannte er einen rotierenden Wolkenwirbel, der sich in Richtung Erde schraubte. Habicht taumelte einige Schritte rückwärts, starrte noch immer in die Richtung, in der er gerade das bestätigt gesehen hatte, was er befürchtete und doch gleichzeitig für völlig unmöglich gehalten hatte. Einen Moment redete er sich ein, dass er sich das alles nur einbildete. Dann blitzte es erneut. Die rotierende Trichterwolke war deutlich näher als beim letzten Blitz. Ausgerissene Maispflanzen wirbelten durch die Luft.

»Los zum Van!«, schrie Emma.

Habicht hörte in seiner Erinnerung Kyrill warnen: »Autos sind bei einem stärkeren Tornado kein Schutz, sondern lebensgefährlich! Es kann mit allen, die darin sitzen, einfach weggerissen oder von umherfliegenden Gegenständen getroffen werden!« Was sein alter Freund ihm in Oklahoma aber auch gesagt hatte: »Bring Abstand zwischen dich und den Tornado! Beobachte kurz die Richtung, in die er zieht! Und dann mach, dass du so schnell wie möglich in die entgegengesetzte Richtung kommst! Du brauchst mindestens fünfhundert Meter Distanz!«

Habichts Gedanken rotierten: Wie weit mochte der Wolkenrüssel beim letzten Blitz entfernt gewesen sein? Dreihundert Meter? Zweihundert Meter? Und wie sollte er dessen Zugrichtung in der Dunkelheit erkennen?

Das Bersten von Holz beantwortete Habichts Fragen. Der rasende Wirbel riss gut hundert Meter vor ihnen vier Birken um, als er aus dem Maisfeld über die Brahmsstraße zog, Laub und Maispflanzen flogen umher, Hagelkörner zersprangen auf der Fahrbahn oder schlugen dumpf im Feld ein. Ein walnussgroßes Eisstück traf Habicht am Rücken und riss ihn aus seiner Schockstarre.

Irgendwo hinter dem Wirbel steht mein Van, schoss es ihm durch den Kopf. Dann das Klirren von zerbrechendem Glas und das Kreischen von Metall, das über Asphalt gezogen wird. Emma und er wechselten hilflose Blicke.

Piet schrie irgendetwas gegen das Getöse an, das Habicht zuerst nicht verstand. Er wiederholte es mit schriller Stimme. Hatte Habicht sich verhört? Nein! Piet rief: »Ich habe heute eine Höhle unter der Erde gefunden! Da können wir uns verstecken!«

Kapitel 6

Flucht

»*Wo?*«, brüllte Habicht gegen den Sturm an. Piet zeigte mit dem Finger in Richtung des Hardter Waldes. Gab es bei so einem Monstersturm einen gefährlicheren Ort? Aber welche Alternative blieb ihnen? »Flach in eine Mulde legen!«, hatte Kyrill ihm einst als Ultima Ratio empfohlen. »Mit dem Gesicht nach unten, um dich möglichst vor herumfliegenden Teilen zu schützen. Schwächere Tornados ziehen dann über dich hinweg, wenn du Glück hast!«

»Wir versuchen es!«, schrie Emma und zog Habicht am Arm. Mit dem Wissen, dass sie möglicherweise direkt in ihr Verderben rannten, kämpfte er gegen den Sturm an und versuchte, Piets Kopf mit einer Hand gegen den Hagel zu schützen. Der kürzeste Weg führte sie direkt durch das Maisfeld, die Windböen ließen die Pflanzen um sie herum hin und her tanzen. Je näher sie den schwankenden Bäumen kamen, desto größer wurde Habichts Sorge, von einem umstürzenden Baum erschlagen zu werden.

»*Wo ist deine Höhle!*«, schrie er Piet zu.

»*Da!*«, rief der zurück und wies mit dem Finger auf eine Gruppe hochgewachsener Fichten. Sie hatten die Grenze zum Wald noch nicht erreicht, als der Sturm die Fichten fast zeitgleich abknickte. Die Äste krachten zuerst auf das Feld und zerbrachen knackend. Habicht fluchte und hastete, mit Piet auf dem Arm, das letzte Stück auf den Wald zu.

»*Und jetzt?*«, rief Habicht.

Piet blickte sich suchend um. »*Da, glaube ich! Oder, nein, doch da!* Naja, also eigentlich war das gar keine richtige Höhle!«

Habicht verließen alle Kräfte, er hatte Mühe, den Jungen nicht fallen zu lassen. Aus dem Wald ertönte das Krachen berstenden Holzes.

»*Nein da! Da ist sie!*«, rief Piet nun aufgeregt.

Habicht suchte das Gelände mit Blicken ab. Was war das? Aus dem Waldboden ragte eine Metallluke, die Habicht an die eines U-Boots erinnerte. Ohne weiter nachzudenken, rannten sie darauf zu. Habicht packte den Griff der Luke, wuchtete sie hoch und eröffnete die Sicht auf einen dunklen Schacht, in den eine Metallleiter hinunterführte. Emma hastete die Leiter nach unten, Habicht hockte sich hin und ließ Piet hinunterklettern, dann stieg er selbst ein Stück die Leiter hinab und zog die Luke über sich zu.

Kapitel 7

Unter der Erde

Völlige Finsternis. Nur das Tosen des Sturms, gedämpft durch die schwere Metallluke, war zu hören. Rolf Habicht zuckte zusammen, als es plötzlich im Inneren des Schachts hell wurde. Unmittelbar neben seinem Gesicht leuchtete eine runde Lampe in einem Metallkäfig auf.

»Da ist ein Lichtschalter«, beantwortete Piet die unausgesprochene Frage.

Habicht blickte sich um. Die Wände waren mit Wellblech verkleidet, der Boden aus Beton gegossen. Der Schacht, in dem sie herabgeklettert waren, schätzte er auf etwa zwei Meter. Hinter Emma führte ein kurzer Gang in einen kleinen Raum, ebenfalls mit Wellblech ausgekleidet.

»Was glaubst du? Ist das aus dem Zweiten Weltkrieg übrig geblieben?«, spekulierte Habicht.

Emma schüttelte den Kopf. »Schau dir die Luke an. Dieses Metall ist nicht seit über siebzig Jahren hier draußen.«

Habicht nickte.

Emma hatte eine andere Idee: »Waren nicht mal britische Soldaten in Mönchengladbach stationiert?«

»Ja, bis 2013. Aber das Gelände ist ein paar Kilometer von hier entfernt«, hielt Habicht dagegen.

»Wie hast du das hier überhaupt gefunden?«, fragte Emma an Piet gewandt.

»Mein Papierflugzeug ist hier hineingefallen«, gab der kleinlaut zurück.

Bei der Vorstellung, dass ihr Sohn hier hinuntergeklettert war, während sie einige Meter entfernt nichtsahnend mit der Kamera beschäftigt gewesen war, krampfte sich Emmas Magen zusammen.

»Das bedeutet, die Luke war heute Nachmittag auf«, folgerte Habicht.

Piet nickte.

»Aber du hast niemanden gesehen?«

Der Junge schüttelte den Kopf.

Habicht zwängte sich an den beiden vorbei in den kleinen Raum.

»Die Kiste da vorne war auch noch nicht da«, sagte Piet. Habicht zog sein Smartphone aus der Hosentasche und begann zu filmen: Ein Schwenk über die Wände, dann auf die silberglänzende Kiste, die in einer Ecke stand.

»Rolf, ich kann verstehen, dass du hier drin eine Story witterst, aber wer auch immer diesen Mini-Bunker angelegt hat – er wird sicher nicht sehr erfreut sein, wenn er uns hier findet. Wir sollten so schnell wie möglich wieder verschwinden«, gab Emma zu bedenken, nachdem Habicht seine Smartphone-Kamera wieder ausgeschaltet hatte.

»Du hast Recht. Ich beeile mich«, entgegnete Habicht und öffnete die Kiste. Sorgenvoll blickte Emma hinauf zu der Luke, dann trat sie neben Habicht. Der filmte bereits den Inhalt der Kiste: In passgenauen Schaumstoffaussparungen eingebettet lagen darin Thermometer, ein längliches Gefäß, mit dem man vermutlich Niederschlagsmengen messen konnte, und ein Windmesser.

»Etliches, was man für eine Wetterbeobachtung braucht«, stellte er fest. Dann griff er in die Kiste, nahm einen schmalen Ordner heraus und schlug ihn auf. »Wetterdaten! Hab' ich es mir doch gedacht!«, entfuhr es Habicht. Er blätterte sie durch. »Aber das hier sind mehr als bei dem anderen Ordner. Diese hier gehen noch zwei Wochen über das letzte Datum aus dem ersten Heft hinaus.« Hektisch machte er ein paar Fotos von den Dokumenten.

»Schau doch mal nach, was da für heute drin steht!«, schlug Emma vor.

Habicht blätterte in dem Heft und fuhr mit dem Finger eine Tabelle hinunter. »15 Grad, leichter Wind, mäßige Bewölkung. Das war genauso in dem Ordner aus der Kornmuhme zu lesen«, stellte er fest, las schweigend weiter, stockte und schüttelte fassungslos den Kopf: Doch bei diesem Exemplar ist die Zeile für heute mit Kugelschreiber durchgestrichen worden. Jemand hat handschriftlich vermerkt: »*Tornado*«.

Kapitel 8
Nach der Zerstörung

Emma montierte die Kamera auf das Stativ, nur wenige Schritte von dort entfernt, wo in der vergangenen Nacht der Tornado die Brahmsstraße überquert hatte. Habicht ließ den Blick über das verwüstete Maisfeld wandern. »Die dämliche Kornmuhme hat der Sturm verschont!«, stellte er kopfschüttelnd fest. Das monströse Ding ragte an diesem Morgen etwas schief über dem Mais, aber es stand noch.

Das Chaos, das der Sturm hinterlassen hatte, erschien Rolf Habicht wie eine Metapher für seine Gedanken und sein Gefühlsleben: Die Kornmuhme, die sich als Geheimfach für eine unerklärliche Wetterdatensammlung entpuppt hatte. Die Begegnung mit diesem aufdringlichen Gunnar Boldar, der auf dubiosen Wegen an sensible Informationen über ihn und seine Familie gelangt war. Und dann noch der zerstörerische Tornado der letzten Nacht, den sie nur durch Glück in einem – wie er inzwischen recherchiert hatte – nirgendwo verzeichneten Bunker überlebt hatten. Die Tatsache, dass sie dort unten auf weitere Wetterdaten gestoßen waren, deutete Habicht als Hinweis dafür, dass die Erbauer der Kornmuhme und des Bunkers etwas miteinander zu tun hatten. Doch was?

Und welche Rolle spielte Gunnar Boldar bei all dem? Immerhin war er nach der Ausstrahlung des Beitrags über die Kornmuhme bei ihm aufgetaucht.

R.E.M.s »bad day« erklang auf Habichts Smartphone. Mit einem Grummeln nahm er den Anruf entgegen.

»Hey, das sind ja tolle Nachrichten! Ein Tornado am Niederrhein und unser Reporterteam direkt vor Ort! Hast du bewegte Bilder?«, ertönte Les Russos Stimme.

»Wir wären fast draufgegangen, du Blödmann!«, blaffte Habicht.

»Also, ihr habt Bilder?«

»Wir haben sozusagen Augenzeugenberichte!«, rief Emma, die Russo zwar nicht hörte, sich aber denken konnte, um was es ging.

»Auch gut!«, krähte Russo und dann: »Wenn du die Tornadoschäden dokumentierst, bekommst du Kyrill als fachkundigen Protagonisten. Das ergänzt ihr dann mit euren Augenzeugenberichten, schlage ich vor.«

Habicht verzog das Gesicht zu einer Grimasse. »Wie stellst du dir das vor? Emma und ich fangen in ein paar Minuten an zu drehen. Willst du, dass wir warten, bis jeder andere Sender hier auch noch auftaucht?«

Statt einer Antwort hörte Habicht ein Hupen. Er drehte sich um und sah einen weißen Übertragungswagen, mit Satellitenschüssel auf dem Dach, über die Brahmsstraße auf sich zurasen. Das Fahrzeug kam wenige Meter vor ihm abrupt zum Stehen. Die Beifahrertür, auf der das Senderlogo prangte, schwang auf, und ein großer, schlaksiger Mann im Anzug sprang heraus.

»Wir haben mitbekommen, dass es deinen alten Van erwischt hat«, rief Les Russo, »ich habe veranlasst, dass er in eine Werkstatt kommt. Aber für die Zwischenzeit haben wir alles hier, was du brauchen wirst, einschließlich einer Kameradrohne! Also, worauf warten wir? Du und Kyrill geht über das verwüstete Feld, und du machst das Interview so, als ob es wie ein spontanes Gespräch aussieht«, beschloss der Redaktionsleiter.

Aus dem Übertragungswagen kletterte ein Mann mit gelber Regenjacke und einem Haarschnitt, den man nur als Sturmfrisur bezeichnen konnte. Kyrill kämmte sich lediglich, bevor er vor die Fernsehkameras trat, um den Wetterbericht zu moderieren. Die meisten, die ihn kennenlernten, verbanden mit seinem Vornamen den Sturm, der im Januar 2007 mit Windgeschwindigkeiten von bis zu 225 km/h über Teilen Europas gewütet und dabei Schäden in Höhe von 10 Milliarden US-Dollar verursacht hatte. Kyrill hatte sich natürlich nicht nach dem Sturm benannt – im Sender munkelte man, dass er dafür gesorgt hatte, dass man den Sturm nach *ihm* benannt hatte. Wie Hoch- und Tiefdruckgebiete heißen, entschied seit 1954 das Institut für Meteorologie der Freien Universität Berlin, und gegen eine Gebühr konnte jeder, der Wert darauf legte, den Namen aussuchen.

»Der sieht ja gar nicht so böse aus wie auf den Fotos!«, flüsterte Piet hinter Habicht.

Habicht strich dem Jungen über den Haarschopf. »Warte mal ab.«

Wenige Minuten später stapften sie, mit Mikrofonen verkabelt, über das verwüstete Maisfeld. Emma hob die Kamera und startete die Aufnahme.

»Die Maispflanzen hier vorne sind nach rechts umgeknickt, das war wohl die Zugrichtung des Tornados«, erklärte Kyrill. »Die Pflanzen weiter hinten hat er nach links und somit entgegengesetzt seiner Zugrichtung umgeknickt. Das ist ein typisches tornadisches Fallmuster. Daran erkennen wir auch, dass der Tornado zyklonal, also entgegen dem Uhrzeigersinn, rotiert haben muss. Das ist bei den meisten Tornados auf der Nordhalbkugel so«, fuhr Kyrill fort.

Sie gingen weiter über den raschelnden Teppich aus umgeknickten Maispflanzen und sahen sich um, Emma dokumentierte alles mit der Kamera.

Habicht ergriff nun das Wort: »Wir alle kennen Tornadobilder, gerade in den letzten Jahren auch immer mehr durch Handyvideos, – aber was ist eigentlich so eine Windhose?«

Emma musste sich zusammenreißen, um nicht genervt aufzustöhnen. Sie wusste, dass Habicht wusste, wie sehr Kyrill sich über das Wort »Windhose« ärgerte.

»Also, zunächst einmal: Das etwas irreführende Wort ‚Windhose' kommt von dem englischen Begriff ‚hose', was auf Deutsch ‚Schlauch' bedeutet und mit dem Kleidungsstück nichts zu tun hat«, legte Kyrill auch schon los und fuhr fort: »Wörter wie ‚Windhose' oder ‚Mini-Tornado' klingen viel zu harmlos für das, um was es in Wirklichkeit geht: Tornados. Und das sind Luftwirbel mit einem Durchmesser von 50 bis 100 Metern, die schnell rotieren. Sie reichen von der Unterseite der Wolken bis zum Erdboden oder gegebenenfalls bis zur Wasseroberfläche. In einem Tornado können Windgeschwindigkeiten von bis zu 500 km/h herrschen. Zu einem Tornado kommt es, wenn sich sehr feuchtwarme Luft in Bodennähe und trockene Luft in der Höhe übereinanderschichten. Dann kann es zu starken Umwälzungen der Luftmassen kommen. Die feuchtwarme Luft ist leichter und steigt auf. Logischerweise sinkt die schwerere, trockene Luft ab. Es gewittert zunächst. Aber wenn jetzt noch in der Höhe andere Windrichtungen und Windgeschwindigkeiten als am Boden herrschen, dann haben wir alles, was zur Entstehung des Tornados nötig ist.«

»Okay, das haben wir!«, rief Emma. »Ich habe gerade eine Nachricht von Les Russo bekommen. Er will noch ein paar Bilder von den umgerissenen Birken an der Straße. Da sollen wir auch noch ein kurzes Interview mit Hubert Eschwede darüberführen, was das nun für Konsequenzen für ihn als Landwirt hat und so weiter. Der Mann ist wohl schon da«, erklärte Emma.

Die Drei folgten der vom Tornado gefrästen Schneise, die direkt auf die Straße und die umgerissenen Birken zuführte. Auf einem umgestürzten Baumstamm saß ein alter Mann, den Habicht schnell als Hubert Eschwede erkannte. Bevor er das Interview mit dem Landwirt führte, wollte Habicht noch etwas mit Kyrill besprechen, doch wusste er nicht, wie er das Gespräch angehen sollte.

»Kyrill, ich weiß, es klingt verrückt, aber Piet hat in der Kornmuhme eine mehrseitige Liste mit Wetterdaten gefunden. Die Liste ist laut Datierungen bereits mehrere Wochen alt, aber sie reicht bis in die nächsten Wochen. Und diese Daten waren zutreffender als eure Vorhersagen in den letzten Tagen.«

Kyrill blickte ihn stirnrunzelnd an. »Ich kann dir nicht ganz folgen.«

»Ich will es mal so fragen: Wie ist es möglich, dass jemand über etliche Wochen exakte Wettervorhersagen erstellt, während ihr Profis danebenlagt?«

Kyrills Antwort kam wie aus der Pistole geschossen: »Ganz einfach: gar nicht!« Und er fuhr fort: »Die Datenerhebungen sind immer präziser und die Computermodelle immer besser geworden. Daher liegen wir mit den Voraussagen für den nächsten Tag zu etwa 90 Prozent richtig. Aber schon bei den Prognosen für die nächsten *drei* Tage sackt die Quote gewaltig ab. Bei längerfristigen Voraussagen kannst du genauso gut Herrn Eschwede und seine Kollegen fragen, denn dann sind wir bei den Trefferwahrscheinlichkeiten von Bauernregeln.«

»Und wie oft liegen die richtig?«, hakte Habicht nach. »Statistisch gesehen, in zwei von drei Fällen«, gab Kyrill zurück.

Es würde schwierig werden, ein Interview mit Hubert Eschwede zu führen, befürchtete Habicht. Der alte Bauer blickte über sein zerstörtes Feld, schüttelte immer wieder den Kopf, sein Kinn bebte, und er murmelte fassungslos vor sich hin. Habicht legte ihm eine Hand auf die Schulter. »Das ist eine wirklich schlimme Sache. Was meinen Sie:

Können Sie uns trotzdem etwas dazu sagen?« Eschwede nickte nur.

Emma drückte Habicht die Kamera in die Hand. »Les lässt gleich die Kameradrohne starten und will, dass ich dabei bin. Ich nehme Piet mit. Kommst du klar hier?«

»Selbstverständlich!«

Trotz des Schocks schlug sich Eschwede beim Interview erstaunlich gut, bemerkte Habicht.

»Wir haben natürlich mitbekommen, dass es gestürmt hat, aber dass es ein Tornado gewesen war, wussten wir nicht. Das haben uns heute Morgen Nachbarn erzählt, die schon in aller Frühe bei uns vor der Tür standen. Ja, und dann sind wir gemeinsam hier rausgefahren«, antwortete er auf die Frage, wie er die letzten zwölf Stunden erlebt hatte.

»Ist Ihre Ernte schon mal so zerstört worden?«

»Sturm und Hagelschlag hat es immer wieder mal in den letzten Jahrzenten gegeben. Aber sowas? Nee. Ich dachte, das gibt's nur in Amerika, aber man liest ja, dass es solche Stürme auch hierzulande immer öfter gibt. Einen wirklich schlimmen Ernteausfall hatte ich vor drei Jahren. Da war aber kein Unwetter Schuld, sondern der Maiswurzelbohrer. Das ist ein fieser Blattkäfer. Der kommt ursprünglich auch aus Amerika, aber so ab 1990 ging das mit dem auch in Europa los. Der Käfer ist vielleicht so fünf Millimeter groß, gelb-schwarz und hat lange Fühler. Der tut einem nix, aber für uns Bauern ist der eine echte Plage.«

»Und wie viel Prozent Ihrer Maisflächen sind nun durch den Tornado verwüstet?«, versuchte Habicht das Gespräch wieder auf das vorgesehene Thema zurückzulenken.

Eschwede prustete. »Ich nehme an, bis zu siebzig Prozent. Also siebzig Prozent der Fläche, die ich dieses Jahr selbst bestellt habe. Einen Großteil meiner Felder habe ich nämlich verpachtet. Das ganze Gebiet hinter Ihnen, da wo fast nichts passiert ist – auch das Feld mit der blöden Vogelscheuche – das gehört ja mir, aber mit dem Anbau habe ich in diesem Jahr nichts zu tun.«

»Da hat also ein anderer Bauer dieses Jahr einfach Glück gehabt, dass er dieses Feld gepachtet hat und nicht das, was Sie nun beackert haben«, schloss Habicht und wollte die Aufnahme schon beenden, als Eschwede etwas sagte, was ihn so unverhofft traf, dass er zusammenzuckte und das Bild verwackelte.

»Nee, das hat kein Bauer beackert. Das habe ich an eine Firma verpachtet, die sogenanntes ‚Smart Farming' betreibt. Senden Sie das bitte nicht, denn das ist ein ganz komisches Klübchen. Die haben pünktlich und im Voraus bezahlt, aber seitdem ist da Sendepause. Ich habe nichts mehr von denen gehört. Da kommen sie auch nicht an die Leute ran. Sowas habe ich noch nie erlebt.«

»Keine Sorge, das sende ich nicht«, antwortete Habicht mit trockenem Mund und zwang sich zu einem Lächeln.

Gunnar Boldar gehörte also tatsächlich ins Bild. Nur, was das für ein Bild war, konnte Habicht noch nicht erkennen. Dem nachzugehen, würde eine aufwendige Recherche bedeuten, für die er Zeit und Ressourcen bräuchte. Und solange alle von dem Tornado und der Kornmuhme sprachen, brauchte er Les Russo die Story erst gar nicht vorzuschlagen – zumal es in der Tat noch gar keine Story war. Aber da war etwas, das es aufzudecken galt, das spürte Rolf Habicht.

Kapitel 9
Ein Tag später

Rolf Habicht verfluchte den Tag. Der Smart-Farming-Firma kann ich vorerst nicht auf die Pelle rücken, dachte er. Denn über Nacht war in dem vom Tornado verschonten Maisfeld eine weitere Kornmuhme aufgetaucht – eine noch größere und angeblich noch groteskere. Emma würde den Tag im Schnittraum des Senders verbringen, wo sie aus dem gedrehten Material über den Tornado etliche Beiträge für verschiedene Sendungen und für die Online- und Social Media-Präsenzen basteln musste. Deshalb schlenderte Rolf Habicht nun mit seinem Kamerarucksack auf dem Rücken und Piet an seiner Seite auf das Maisfeld in der Nähe des Hardter Waldes zu. Der Junge konnte den Tag über nicht im Sender bleiben, außerdem wollte er unbedingt mit Rolf zur Kornmuhme und eigene Fotos mit seiner Kinderkamera aufnehmen. Die Kamera, eine kleine, blaue Box mit einer Linse auf der einen und einem Display mit Bedientasten auf der anderen Seite, saß auf einem biegsamen Stativ, das Rolf an Piets Schulter befestigt hatte.

Die zweite Kornmuhme war deutlich tiefer im Maisfeld errichtet worden als die erste. Trotzdem sahen Habicht und Piet sie schon, bevor sie den ersten Schritt auf den schmalen Trampelpfad, der ins Maisfeld führte, gesetzt hatten.

Auch bei dieser Kornmuhme flatterte ein zerlumptes, schwarzes Kleid im Wind, die glänzenden Eisenkrallen an den ausgestreckten Händen waren so groß, dass Habicht sie bereits jetzt gut erkennen konnte.

Wie auch bei der ersten Kornmuhme schlängelte sich auch dieser Trampelpfad durch das Feld, statt in einer geraden Linie an sein Ziel zu führen, was Habicht mehr und mehr die Orientierung raubte.

Nach etwa zehn Gehminuten verbreiterte sich der Trampelpfad zu einer Fläche von etwa sieben Metern Länge und Breite, auf der der Mais umgeknickt auf dem Boden lag. Und in der Mitte dieses von hohen Maispflanzen umgebenen Platzes ragte die Kornmuhme in die Höhe. Habicht schätzte sie auf gut fünf Meter. Den breiten Kopf bildete ein zerfressener Mehlsack, offenbar mit Maispflanzen gefüllt, die an einigen Stellen aus dem zerfledderten Sackleinen ragten. Ein gezackter Mund – Habicht vermutete, mit schwarzer Farbe aufgesprüht – verlieh der Kornmuhme etwas Boshaftes. Die Augen funkelten selbst bei Tageslicht rot leuchtend über den Mais. Aus der Nähe betrachtet, schätzte Habicht die Eisenkrallen auf jeweils die Länge eines Männerarms.

Piet zog die Nase kraus. »Wonach stinkt das hier?«, fragte er.

»Teer«, antwortete Habicht und ergänzte schnell: »Bestimmt haben die Teer verwendet, damit das Ding richtig hält.«

Vielleicht stimmte das sogar, überlegte er, vermutete jedoch einen anderen Grund, warum jemand hier Teer verwendet hatte: In einigen der alten Ammenmärchen, die von Kornmuhmen erzählten, hieß es, dass die Brüste der Kornmuhme mit Teer gefüllt seien.

»Kannst du meine Kamera anmachen?«, bat Piet.

Habicht hockte sich hin und schaltete das Gerät ein. »Fass die Kornmuhme aber nicht an. Und auf keinen Fall klettern!«, mahnte er. »Ich weiß nicht, wie stabil das Ding ist.«

Piet nickte und stapfte über den Maisplatz. Habicht packte seine Kamera aus und begann zu filmen. Auch durch das Display büßte die Kornmuhme nichts von ihrer verstörenden Wirkung ein.

Erst jetzt beim Filmen bemerkte er, wie gespenstisch still es hier mitten im Maisfeld war. Keine Motorengeräusche, keine Menschen, die sich unterhielten, kein Brummen von einem Flugzeug, nicht einmal Vogelgezwitscher, nur ab und zu das Rascheln von Wind im Mais.

Er setzte die Kamera ab, Piet stand plötzlich vor ihm und blickte zu ihm hoch.

»Kann ich etwas ins Maisfeld gehen?«

Habicht schüttelte den Kopf. »Bleib besser hier«, beschloss er.

»Aber ich habe Angst, dass die Kornmuhme mir etwas tut!«, quengelte Piet.

»Die tut dir nichts!«, widersprach Habicht.

»Aber ich glaube, dass sie mich einfach schnappt und wegträgt.«

»Das ist ein Ding aus Holz, Mais, einem alten Sack und Eisen, das kann gar nichts, außer rumstehen«, erwiderte Habicht beruhigend.

»Ich gehe auch nicht so tief in den Mais!«

»Dann machen wir es so: Du gehst nicht so tief in den Mais und du musst alle zehn Sekunden rufen: ‚Ich lebe noch!' Okay?«, schlug Habicht vor. Piet nickte.

Schnell das Filmmaterial aufnehmen und dann nichts wie weg von diesem unheimlichen Ort, nahm sich Habicht vor. Doch zunächst musste er etwas nachsehen. Er ging auf die riesige Kornmuhme zu und schlüpfte unter die wehende, schwarze Folie, die den Rock der Muhme darstellte.

Das Innere der Kornmuhme wirkte wie ein Zelt. Die Balken, die sie stützten, schienen Habicht aus der Nähe noch weniger vertrauenserweckend, als er von außen schon befürchtet hatte. Ein Grund mehr, schnell fertig zu werden. Mit der LED-Kopflampe seiner Kamera leuchtete er umher, auf der Suche nach etwas wie dem Geheimfach, in dem Piet bei der anderen Kornmuhme die Wetterdaten gefunden hatte.

»Ich lebe noch!«, hörte er Piets fröhliche Stimme von draußen.

Im Licht der Lampe blitzte etwas Metallisches im Ackerboden auf. Was war das? Habicht hockte sich hin und wischte hektisch Erde beiseite.

»Ich lebe noch!«, erklang erneut Piets Stimme von draußen. Nach und nach kam eine Metalldose von der Größe eines Schuhkartons zum Vorschein. Habicht hielt angespannt die Luft an, dann hob er den Deckel ab.

In der Metalldose lag ein Stück Papier, sorgfältig zusammengefaltet. Habicht nahm es heraus und faltete es auseinander. In schwarzen Druckbuchstaben stand da:

»Der Vater der Kornmuhme hat Wichtiges zu berichten. Komme am Abend des ersten Tages, an dem sie im Feld erschienen ist, nach Schwalmtal in die ‚Teufelsspirale'. Gehe tief in dieses Maislabyrinth. Ich werde dich dort finden«, las Habicht kopfschüttelnd und massierte sich die Stirn. Bereits jetzt fühlte er sich gedanklich wie in einem

Labyrinth: Das hier konnte der perfekte Hinweis zum Ziel sein, aber genauso gut eine gefährliche Sackgasse.

Er faltete das Blatt wieder zusammen, ließ es in seiner Hemdtasche verschwinden und stockte: Was war mit Piet? Kein »Ich lebe noch« mehr.

Habicht sprang auf, schlüpfte unter dem zerlumpten Rock der Kornmuhme hervor und blickte sich hektisch um: nur hochgewachsene Maispflanzen. »Piet!«, rief er und dann noch einmal lauter und panischer: »*Piet! Piet das ist nicht lustig! Wo steckst du?*« Keine Antwort, nur das Rascheln des Mais', durch den ein leichter Wind strich.

Habicht fluchte. Er rannte an die Stelle, an der er den Jungen das letzte Mal gesehen hatte. Immer wieder und immer verzweifelter rief er dessen Namen. Er schob Maispflanzen zur Seite, spähte hindurch, aber weiter als wenige Meter konnte er nichts sehen außer Halme, Blätter und Maiskolben. Er lauschte erneut: Wieder nur das gespenstische Rascheln im Mais, das der Wind verursachte.

Habicht konnte sich nicht dagegen wehren, dass ihm in seiner wachsenden Panik Erinnerungen an die recherchierten Ammenmärchen über die Kornmuhme durch den Kopf spukten: Wenn der Wind durch das Kornfeld zieht, zieht die Kornmuhme über die Ähren, hieß es da. Die Kornmuhme lockt

Kinder ins Feld, packt sie in ihren Sack oder Tragkorb und bringt sie ins »Wurzelreich«.

»Piet, wo bist du? Antworte bitte!«, rief Habicht und stolperte planlos zwischen den Maisreihen umher.

Wenn die Kornmuhme Kinder anspricht, sterben diese, hieß es in anderen alten Kinderschreck-Geschichten. Auch, dass die Kornmuhme Kindern mit Teer die Augen zuschmiert, sie erwürgt, ihnen Nase, Ohren, Finger oder Beine abschneidet oder sie mit einer Sichel köpft.

»Piet, wo steckst du? Antworte! Komm auf meine Stimme zu!«, flehte Habicht.

Ironischerweise war es die riesenhaft-monströse Figur der Kornmuhme, die ihm die einzige Chance bot, sich zu orientieren. Trotzdem wusste Habicht, dass er völlig ohne System suchte und es pures Glück wäre, wenn er Piet so finden würde.

Er durchbrach eine weitere Reihe Maispflanzen, blickte nach links, blickte nach rechts: Da! Einige Schritte weit entfernt auf dem Ackerboden ragten Piets gelbe Gummistiefel zwischen den Halmen hervor. Habicht rannte los und sprang zu dem am Boden liegenden Kind.

Piets Gesicht war bleich, die Augen geschlossen. Mit zitternden Händen berührte Habicht dessen Wange. Piets Haut fühlte sich kühl an. Panisch tastete er nach einem Puls am Hals, fand nichts und suchte weiter. Habicht schnaufte, ihm wurde schwarz vor Augen. Dann doch ein leichtes Pulsieren an Piets Halsschlagader, nicht besonders stark, aber der fühlbare Beweis, dass das Kind noch lebte. Habicht hatte den schwachen Puls zuvor einfach nicht ertasten können.

Er riss sein Handy aus der Tasche, hämmerte die Notrufnummer auf das Display und versuchte, der Leitstelle so genau wie möglich zu erklären, wohin sie kommen sollten. Dann schlang Habicht seine Arme unter Piets Rücken und Kniekehlen, hob ihn auf und lief los in Richtung der Kornmuhme, wo er den Trampelpfad wiederfand, der sich durch das Feld bis zur Straße schlängelte.

Er rannte und rannte, fühlte nichts außer Panik, die selbst nicht abnahm, als das Martinshorn eines heranrasenden Rettungswagens über das Maisfeld zu ihm herüberdrang.

Keuchend stolperte er vom Feld auf die Brahmsstraße, kurz bevor der Rettungswagen eintraf und mit quietschenden Reifen hielt.

Die Sanitäter packten Piet auf die Trage im Wagen und begannen sofort mit der Erstversorgung. Rolf Habicht setzte sich auf den Sitz für Begleitpersonen, schnallte sich geistesabwesend an, bekam noch mit, dass der Rettungswagen ruckelnd anfuhr, dann wurde es ihm schwarz vor Augen.

Kapitel 10
Mönchengladbach-Rheydt
Notaufnahme, Elisabeth-Krankenhaus

Rolf Habicht fürchtete, sich jeden Moment auf dem Flur der Notaufnahme des Elisabeth-Krankenhauses übergeben zu müssen. Der Schock hielt ihn noch eisern im Griff. An die Blaulichtfahrt ins Kinderkrankenhaus erinnerte er sich nur dunkel und bruchstückhaft. Ebenso an den Moment, als Emma durch den Krankenhauseingang gerannt war und er zusammengestammelt hatte, was im Maisfeld nahe der Kornmuhme passiert war.

Jetzt, Habicht wusste nicht, wie viel Zeit seitdem vergangen war, saß Emma neben ihm auf einem Stuhl im Krankenhauskorridor. Vor ihnen stand ein hölzernes Feuerwehrauto, auf dem Kinder herumkletterten. Die Vorstellung, dass Piet nie wieder auf so einem Spielgerät herumtollen könnte, ließ Habichts Magen erneut zusammenkrampfen. Wann die Ärzte ihnen sagen konnten, was mit Piet los war, wussten sie nicht.

»Ich schaue mal, wo ich hier ein Glas Wasser herbekomme. Möchtest du auch etwas?«, fragte Emma. Habicht schüttelte nur den Kopf.

Emma legte Piets Kinderkamera neben Habicht auf den Stuhl und schritt mit klappernden Absätzen den breiten Flur entlang. Habicht wandte den Blick von den spielenden Kindern weg, hin zu Emmas verlassenem Stuhl. Piets Kamera... Er nahm sie behutsam und schaltete sie ein.

Offenbar hatte Piet eine Funktion eingestellt gehabt, bei der das Gerät in regelmäßigen Abständen ein Foto aufnahm, bemerkte Habicht. Somit wären die Minuten, bevor »es« passiert war, dokumentiert! Habichts Herz begann zu rasen. Er öffnete die Bildergalerie.

Die Kamera sortierte die Fotos so, dass die älteren Aufnahmen zuerst erschienen. Das erste Foto, das er sah, zeigte die Spitzen von Piets Hausschuhen.

Habicht rief mit einem Tastendruck das nächste Bild auf: ein Esszimmertisch, offenbar bei Emma und Piet in der Wohnung aufgenommen, aus der Kinderperspektive fotografiert.

Das nächste Bild: er, Rolf Habicht, an einem Laptop sitzend, mit einem Gesichtsausdruck, der eine Mischung aus Überraschung und Freude zeigte. Neben dem Laptop bemerkte er ein Glas Wein.

Das nächste Bild: Piets Spielzeugkoffer zwischen Emmas und Habichts Kamerarucksäcken, neben Habichts Rucksack einen Tetrapak Wein.

Habicht schluckte schwer, drückte zum nächsten Bild: ein Selfie von Piet, auf dem er fröhlich in die Aufnahmelinse grinste.

Habicht lächelte müde. Er hielt sich länger mit dem Betrachten der Galerie auf als vorgenommen.

Das nächste Foto: die riesige Kornmuhme. Sofort begann Habichts Magen wieder zu rumoren, er drückte weiter: erneut die Kornmuhme, aber diesmal aus größerem Abstand fotografiert, daneben Habicht mit dem Rücken zu Piet.

Das nächste Foto: dichte Maispflanzen. Dann: wieder Mais, der das gesamte Bild einnahm. Das dann folgende Bild ließ Habicht zusammenzucken: Maishalme und Blätter, darüber der graue Himmel – es war offenbar im Liegen aufgenommen worden! Das nächste Foto war kaum von dem vorherigen zu unterscheiden, was Habicht zu der Annahme kommen ließ, dass Piet unverändert dort gelegen haben musste. Er drückte weiter: Wieder dasselbe Motiv und dieselbe Perspektive, dachte Habicht schon, doch dann bemerkte er ein Detail am rechten Bildrand.

Es war für ihn wie ein Schlag in den Magen. Er vergrößerte den Ausschnitt, was bei der Kinderkamera jedoch nur einen geringen Unterschied machte. Dennoch erkannte er nun eine Hand und einen Arm eines Erwachsenen mit einer olivgrünen Jacke, die ihm klarmachte, dass es nicht er war, der sich in diesem Moment dem ohnmächtigen Kind genähert hatte. Mit einer genauso heftigen Panik, wie die, die ihn vorhin im Maisfeld überkommen hatte, drückte er auf das nächste Bild, das die Kamera Sekunden später aufgenommen hatte.

»Oh Scheiße! Nein!«, entfuhr es Habicht, so laut, dass Eltern und Kinder im Korridor teils verärgert, teils erschreckt zu ihm herübersahen. Habicht bekam davon nichts mit.

Er starrte fassungslos auf das Display: Es zeigte eine Nahaufnahme des Gesichts von Gunnar Boldar. Boldar sah Piet nicht an, sondern spähte zwischen den Maispflanzen hindurch. Die Aufnahmeperspektive war nun anders: Die Maispflanzen wirkten bei weitem nicht mehr so hoch wie auf den vorherigen Bildern, vermutlich trug Gunnar Boldar Piet auf den Armen, als die Kamera das Bild gemacht hatte.

Das nächste Foto: Wieder Maishalme und darüber der graue Himmel, erneut aus niedriger Perspektive fotografiert. Waren die Bilder in der Galerie durcheinander geraten und diese Aufnahme stammte aus der vorherigen Bilderserie?

Habicht schüttelte nachdenklich den Kopf. Hier bemerkte er einige abgeknickte Maispflanzen, die es auf den anderen Bildern nicht gab. Es musste also an einer anderen Stelle entstanden sein, folgerte er.

Hatte Gunnar Boldar etwa den bewusstlosen Piet gefunden und dann weggetragen, nur um ihn ein paar Meter weiter wieder auf das Feld zu legen? Aber warum hätte er das tun sollen? Habichts Gedanken rotierten, er bemerkte gar nicht, dass Emma zurückgekommen war und nun vor ihm stand.

»Die Ärzte wollen gleich mit mir reden«, sagte sie mit versteinerter Miene.

Kapitel 11
Elisabeth-Krankenhaus

Sie verließen den Aufnahmebereich der Kinderklinik, um in das Gebäude zu gelangen, in dem Piet behandelt wurde. Die kühle Luft vor der Tür tat Habicht gut, doch von einem kühlen Kopf war er noch weit entfernt. Er packte Emma Fink an den Armen und schüttelte sie.

»Emma, ich bin ein Fluch für dich und Piet! Ich bringe euch nur Unglück! Ihr müsst aus meinem Leben verschwinden, bevor es für euch zu spät ist!«, redete er auf sie ein. »Du bist journalistisch besser als ich es je war, du bist hervorragend vernetzt! Also mach den Spinnern, die die Betriebskitaplätze des Senders vergeben, mal Druck, damit der Kleine da unterkommt und du endlich wieder Karriere machst! Ich verstehe nicht, wieso du überhaupt noch mit mir arbeitest!«

Emma schüttelte ihn ab. »Das frage ich mich auch mindestens fünfmal am Tag! Aber jetzt hör auf, so einen Mist zu reden! Ich habe dir nicht die Schuld an dem gegeben, was mit Piet passiert ist! Und auch wenn du ein Fluch bist: Piet ist gerne mit dir zusammen! Und deshalb reißt du dich jetzt mal zusammen, Rolf! – Wo ist der Journalist, der mich in China für verrückt gehalten hat und kurze Zeit später mit mir quer durch Peking vor regierungstreuen Schlägern abgehauen ist? Ich erkenne dich immer weniger. Nachdem du 2003 mit den US-Soldaten als ‚embedded Journalist' in den Irak gegangen bist, kamst du schon verändert zurück. Auch wenn du es versuchst zu verheimlichen: Ich bekomme mit, dass du zu viel trinkst. Das machen ja viele ehemalige Kriegsreporter. Aber wirklich schlimm wurde es, nachdem du den Global-Crisis-Reporter-Award verliehen bekommen hast. Seit dem Abend der Preisverleihung ist nichts mehr wie vorher. Im Nachhinein wundere ich mich, dass du nicht von der Gala mit einer Alkoholvergiftung ins Krankenhaus gebracht wurdest. Ich gebe ja zu, dass ich an dem Abend auch mehr getrunken habe als sonst. Aber der Restalkohol, mit dem *du* am nächsten Tag im Studio aufgetaucht bist, hätte bei einer Verkehrskontrolle gereicht, um dir den Führerschein abzunehmen! Und seit diesem Morgen bist du so ein Blödmann. Du machst jeden platt, der dich nervt und den du für dumm hältst. Und das trifft auf weite Teile der Weltbevölkerung zu. Es ging los bei dem Interview mit dem Finanzminister, den du als das ‚Schweinchen Schlau der SPD' tituliert hast!«

Habicht musste ein Lachen herunterschlucken. »Du hättest dabei mal sein Gesicht sehen sollen!«, gluckste er.

Emma funkelte ihn fassungslos an: »Ich habe seinen Gesichtsausdruck gesehen! Genauso wie etwa fünfhunderttausend Fernsehzuschauer! Weil du das in einer Live-Sendung gebracht hast! Für so eine Aktion und für viele andere, die du dir seitdem geleistet hast, wäre wohl jeder andere Redakteur gefeuert worden!«

Sie zog ihn wieder weiter und eilte mit ihm durch einen Krankenhausflur, dessen Wände gemalte Kinderbilder zierten. Durch eine offene Tür sahen sie Piet in einem Krankenhausbett sitzen.

Emma umarmte Piet, der, wie Habicht fand, überraschend fröhlich lächelte, obwohl er an eine Infusion angeschlossen war. Das ernste Gesicht eines Arztes, der hinter dem Bett stand, ließ die Sorge, die sich in Übelkeit verwandelte, in Habicht erneut aufsteigen.

»Piet hatte eine Anaphylaxie. Das ist die stärkste allergische Reaktion, die es gibt«, erläuterte der Arzt. Habicht runzelte die Stirn. Eine allergische Reaktion? Aber worauf? Wohl kaum auf Mais, überlegte er, während der Arzt schon weitererklärte:
»Sie tritt kurz nach dem Allergenkontakt auf. Das kann sehr schnell sogar lebensbedrohlich werden. Typisch ist hierbei, dass der gesamte Organismus reagiert, also mindestens zwei verschiedene Organsysteme. Wenn, wie bei Piet, der Kreislauf betroffen ist, kann es zu Schwindel, Benommenheit,

Bewusstseinseintrübung oder, wie erlebt, zur Bewusstlosigkeit kommen.«

»Und was war der Auslöser?«, wollte Emma nun wissen, die sich aus Piets Umarmung befreit hatte und nun neben ihm auf der Bettkante saß.

»Gibt es denn Allergenbelastungen bei Piet? Zum Beispiel Pollen? Medikamente?«, fragte der Arzt.

»Nein, nicht das ich wüsste.«

Der Arzt wirkte unsicher, wie er die nächste Frage formulieren sollte. »Gibt es Erkenntnisse, wie es auf elterlicher Seite aussieht?«

»Keine Allergien! Haben Sie denn eine Vermutung, was es sein könnte?«, gab Emma zurück.

Der Arzt kratzte sich am Kopf: »Naja, zu den häufigsten Auslösern anaphylaktischer Reaktionen gehören Insektengifte von Hummeln, Bienen, Wespen oder Hornissen. Das wäre in einem Maisfeld ja möglich. Theoretisch kann das auch von Medikamenten ausgelöst werden. Von Schmerzmittel zum Beispiel oder Antibiotika, Narkose- und Röntgenkontrastmittel.«

Emma schüttelte den Kopf.

»Nahrungsmittel wie Nüsse, Fisch, Schalentiere, Sellerie und Soja...«, fuhr der Arzt fort.

Piet richtete sich in seinem Krankenbett auf: »Ich mag gar keinen Sellerie!«, ereiferte er sich.

»Das kann ich gut verstehen!«, sagte der Arzt und lächelte Piet freundlich an. »Geht es dir besser, Piet?«, wollte er dann wissen.

»Ja!«, antwortete der.

»Hast du Schmerzen?«, fragte der Arzt weiter.

Piet zeigte auf die Stelle, an der der Zugang in seine Hand gelegt worden war. »Das war blöd, aber jetzt ist alles gut!«, gab er zurück.

»Das ist schön!«, sagte der Arzt und lächelte Piet noch einmal aufmunternd an. Seine Miene wurde wieder ernst, als er sich Emma zuwandte.

»Und da ist noch etwas, das uns Sorgen macht. Sie haben sicher bemerkt, dass seine Kleidung völlig unversehrt ist. Aber Piet hat Verbrennungen.«

Kapitel 12

Verbrennungen

Der Arzt schob behutsam Piets Ärmel hoch. Emma schlug sich eine Hand vor den Mund und wechselte einen Blick mit Habicht.

»Das habe ich im Feld nicht bemerkt«, stammelte der.

Auf Piets Unterarm breiteten sich mehrere gelbliche Blasen jeweils von der Größe einer Haselnuss aus. Die Haut um die Blasen war mit roten Pöckchen gesprenkelt.

»Waren Sie wirklich nur in einem Maisfeld?«, drang die eindringliche Stimme in Habichts Bewusstsein.

Er nickte nur, konnte den Blick nicht von der Verbrennung nehmen, die der Vierjährige erlitten hatte.

»Sind Sie sicher, dass dort wirklich *ausschließlich* Mais wuchs?«

Habicht ließ sich auf einen Stuhl neben Piets Krankenbett fallen.

»War da etwas im Feld, was dort nicht hingehörte?«, fragte der Arzt weiter. Seine Stimme klang nun deutlich alarmierter als zuvor, seine beruhigende Ausstrahlung war einer unüberhörbaren Besorgnis gewichen.

»*Was denn?* Was soll mir in dem verfluchten Feld aufgefallen sein?«, herrschte Habicht den Arzt an, so dass alle im Raum zusammenzuckten.

»Diese Quaddeln und Blasen«, begann der Arzt nun wieder ruhiger, aber dennoch mit Sorge in der Stimme, »*könnten* durch eine sehr gefährliche Pflanze hervorgerufen worden sein. Sie hat mehrere Namen: Riesen-Bärenklau, Bärenkralle, Herkulesstaude oder Herkuleskraut. Haben Sie schon mal etwas davon gehört oder gelesen?«

»Ja, dass das Zeug gefährlich ist, aber was es damit genau auf sich hat, habe ich, ehrlich gesagt, nicht ganz verstanden«, sagte Emma.

»Die Pflanze bildet photosensibilisierende Substanzen«, erklärte der Arzt.

Habicht klatschte in die Hände. »Na, dann ist ja alles klar! Toll erklärt!«, rief er ironisch. »Piet! Du weißt jetzt auch Bescheid! Oder hast du das etwa nicht verstanden?«

»Sie sind Rolf Habicht aus dem Fernsehen, oder?«, fragte der Arzt, in dessen Stimme sich nun Verärgerung und Ehrfurcht mischten.

»Ignorieren Sie ihn einfach«, warf Emma ein und blickte Habicht wütend an, als sie suggestiv fortfuhr: »Wenn er merkt, dass Sie kein Politiker sind, ist er bald fast schon wieder nett!«

»Also, die besagten Substanzen des Herkuleskrauts wirken in Kombination mit Sonnenlicht oder auch einem stärkeren Lampenlicht phototoxisch«, setzte der Arzt wieder an und zeigte auf die Blasen auf Piets Arm. »Das führt zu so etwas oder auch zu deutlich Schlimmerem. Damit meine ich großflächige Verbrennungen ersten oder sogar zweiten Grades, mit denen die Patienten in eine Klinik für Verbrennungen eingeliefert werden müssen. Bei kleineren Verbrennungen, wie bei Piet, hilft zum Glück schon eine kühlende Salbe.«

»Und wann ist das wieder abgeheilt?«, fragte Emma.

»Theoretisch kann das einige Wochen dauern, aber bei so einer kleinflächigen Verbrennung wie Piet sie sich zugezogen hat, sollte alles wieder in etwa zwei Tagen gut sein. Doch so lange muss er die Sonne meiden. Wenn er wieder nach draußen geht, schützen Sie die Hautareale bitte mit einer Sonnencreme!«

»Und wie schafft das diese Monster-Pflanze?«, wollte Habicht nun wissen.

»Unsere Haut hat einen natürlichen Schutz gegen UV-Strahlung. Das Gift der Pflanze zerstört ihn«, erklärte der Arzt, um sich dann Piet zuzuwenden: »Hast du irgendeine merkwürdige Pflanze gesehen, die nicht so richtig ins Maisfeld passte?«

»Wie groß ist die denn?«, fragte Piet neugierig.

»Das Herkuleskraut kann sehr groß werden. Bis zu drei Metern hoch. Das ist etwa so hoch wie die Decke von dem Zimmer hier!«

Piet drehte den Kopf nach oben. »So groß?«, rief er verwundert. »Und hat die Pflanze auch Blätter?«

»Ja, hat sie. Die haben ungefähr diese Größe«, erklärte der Arzt und breitete die Arme so weit aus, bis seine Hände etwa einen Meter auseinanderlagen.

»Das ist ja auch ganz schön groß!«, staunte Piet.

»Ihr Stängel hat Haare. Meistens ist er bläulichrot gefleckt. Unten ist er mal so dick oder auch mal so dick!«, fuhr der Arzt fort und formte mit Daumen und Zeigefinger erst einen Durchmesser, den Habicht auf etwa zwei Zentimeter schätzte und dann einen weiteren von etwa zehn Zentimetern.

»Hab ich nicht gesehen«, stellte Piet klar.

»Wirklich nicht?«, hakte der Arzt nach. »Ich habe schon erlebt, dass Kinder in diesen großen Pflanzen verstecken gespielt oder ihre dicken und langen Stiele für Schwertkämpfe oder Blasrohre verwendet haben.«

Dass er den letzten Teil nicht hätte sagen sollen, merkte er erst, als Piet fassungslos fragte: »Und was ist mit den Kindern passiert?«

»Das ist schon lange her!«, behauptete der Arzt hektisch. »Hauptsache, du weißt jetzt, wie gefährlich diese Pflanzen sind.«

Er strich Piet zur Verabschiedung über die Haare und wandte sich an Habicht: »Kommen Sie bitte einmal mit. Ich denke, es gibt etwas, das Sie unbedingt wissen sollten.«

Sie verließen Piets Krankenzimmer. Vor der Tür sah sich der Arzt nervös im Korridor um. »Hören Sie, ich weiß nicht mal, ob ich Ihnen das so einfach sagen darf, aber meine Kollegen und ich machen uns wirklich Sorgen.«

»Und worüber?«

Der Arzt trat einen Schritt näher auf Habicht zu. »Es ist merkwürdig: Wir hatten in den letzten sieben Tagen zwölf solcher Fälle von Verbrennungen! Neben Piet sind heute noch zwei Personen eingeliefert worden. Alle kamen aus dem Stadtteil Hardt.«

»Und sie haben wirklich genau die gleichen Verbrennungen wie Piet sie hat?«, vergewisserte sich Habicht.

»Nicht ganz«, antwortete der Arzt. »Die Verbrennungen sind bei beiden bedeutend schwerer als bei Piet.«

Habicht überlegte kurz. »Sie dürfen mich sicher

nicht zu den Patienten bringen. Aber Sie dürfen doch bestimmt die Patienten fragen, ob sie mit mir reden möchten und uns dann bekannt machen, oder?«, schlug Habicht vor.

»Naja, so in etwa«, murmelte der Arzt.

»Bitte sprechen Sie mit ihnen!«, bat Habicht.

»Okay. Ich gebe Ihnen gleich Bescheid. Gehen Sie solange noch zu Piet!«, erwiderte der Arzt und eilte los.

Habicht blickte auf seine Armbanduhr. Die Zeit lief ihm davon. Schon sehr bald musste er sich in sein Auto setzen, um es noch rechtzeitig zu seinem Treffen mit dem »Vater der Kornmuhme« im Maislabyrinth »Teufelsspirale« zu schaffen.

Kapitel 13

Später Nachmittag

»Alles soweit okay?«, fragte Emma, als Habicht zurück in Piets Krankenzimmer kam.

»Wie es aussieht, ist Piet nicht der Einzige hier im Krankenhaus, der sich solche Verbrennungen zugezogen hat. Und wenn ich Glück habe, darf ich gleich mit zwei anderen Betroffenen sprechen«, antwortete Habicht und setzte sich neben Piets Bett auf einen Stuhl.

»Liest du mir etwas vor?«, bettelte Piet, der in einem Magazin für Kinder blätterte.

»Was willst du denn hören?«, fragte Habicht.

»Das da!«

»Den Comic?«

»Ja!«

»Der ist etwas zu lang, ich muss gleich wieder los, arbeiten.«

»Dann lesen wir den Comic, wenn du wieder da bist«, beschloss Piet. »Können wir das da machen? Was ist das?« Er zeigte auf eine Seite mit der Aufgabe: »Bring das Löwenbaby sicher durch das Labyrinth zu seiner Mutter in die Höhle.«

»Das nennt man Labyrinth«, erklärte Habicht.

»Da drin verläuft man sich, oder?«, fragte Piet.

»Das kann passieren, aber es gibt einen Trick! Er heißt Rechte-Hand-Methode, obwohl es genauso gut auch Linke-Hand-Methode heißen könnte«, erläuterte Habicht.

»Und was muss man machen?«, wollte Piet nun wissen.

»Wenn du in ein Labyrinth gehst, berührst du einfach mit der rechten oder linken Hand eine Wand. Dann gehst du los, aber du hältst immer mit derselben Hand Kontakt zur Wand. Wenn alle Mauern mit der Außenseite oder miteinander verbunden sind, dann findest du garantiert einen Ausgang. Oder du kommst wieder da aus, wo du losgegangen bist.«

»Und wenn ich am Anfang vergesse, eine Hand an die Wand zu legen, kann ich einfach später meine rechte Hand an die Wand legen und finde wieder raus?«, überlegte Piet.

»Naja, wenn du Pech hast, kann es sein, dass du deine Hand an eine große Säule legst. Dann würdest du immer nur im Kreis laufen, aber nicht mehr hinausfinden«, erklärte Habicht.

Piet zog die Nase kraus. »Das ist blöd!«

Es klopfte an der Tür, der Arzt trat ein. »Die zwei wollten nicht mit Ihnen reden. Aber dann habe ich ihnen erzählt, dass Sie der Journalist sind, der immer so boshaft zu Politikern ist. Jetzt wollen sie Sie unbedingt kennenlernen.«

Vor der Tür zum Krankenzimmer, in dem die beiden Verbrennungsopfer lagen, hielt der Arzt inne und schob Habicht behutsam zur Seite. »Tun Sie mir bitte einen Gefallen, wenn Sie eintreten!«, raunte er. »Den beiden geht es wirklich schlecht. Und das sieht man ihnen an. Versuchen Sie nicht, zu schockiert zu wirken, wenn Sie die zwei sehen.« Dann klopfte er an und öffnete die Tür.

Die Vorwarnung des Arztes setzte Rolf Habicht in Gedanken auf seine Favoritenliste für die Untertreibung des Jahres. Er sah die beiden jungen Männer an, wandte reflexartig den Blick ab und wollte sich nicht einmal vorstellen, was für Schmerzen die beiden erleiden mussten. Über jeden Quadratzentimeter Haut, der nicht mumienhaft mit Mullbinden umwickelt war, zogen sich dicke, gelbliche Blasen und rote Pocken.

»Marc und Stefan, das ist Rolf Habicht – Herr Habicht, das sind die beiden Jugendlichen, die heute hier eingeliefert wurden«, stellte der Arzt sie knapp vor.

»Danke, dass Sie mich hier empfangen«, versuchte Habicht ein Gespräch zu eröffnen. Doch er ließ den Blick nervös im Raum umherwandern, weg von den Verbrennungsopfern, hin zum Fenster, vor dem die Rheydter Höhe in der Abendsonne lag, hinauf zur Decke, bevor er an einem Spiegel über dem Waschbecken hängen blieb. Bei allen schauspielerischen Fähigkeiten, die ihm sein Job als Fernsehmoderator immer wieder abverlangte, stand ihm das Entsetzen über den Anblick der beiden jungen Männer ins Gesicht geschrieben.

»Möchten Sie mir erzählen, was Ihnen zugestoßen ist?«, fragte Habicht schließlich.

Der Linke der beiden, der wohl Marc hieß, setzte zu einer Antwort an, was ihn sichtlich anstrengte:

»Es passierte ganz plötzlich. Wir waren heute mit unserem Hund unterwegs und standen auf einem Feldweg, als es mir auf einmal so vorkam, als würde mich die Sonne verbrennen. Nicht wie bei einem Sonnenbrand. So muss es sich anfühlen, wenn jemand dich mit Benzin übergießt und ein brennendes Streichholz auf dich schnippt.«

Der junge Mann machte eine Pause, so als müsste er Kraft sammeln, um weiterzusprechen:
»Und dann habe ich gesehen, was mit Stefans Armen, Händen und seinem Gesicht passierte, wie sich diese schrecklichen Quaddeln bildeten.«

»Und haben Sie eine Vorstellung davon, wie es dazu kam? Hatten Sie zum Beispiel irgendwelche Kontakte mit einer Pflanze, bevor Sie auf dem Feldweg dem Sonnenlicht ausgesetzt waren?«

Diesmal meldete sich Stefan zu Wort: »Wir waren mit dem Hund zuerst im Hardter Wald. Klar, eigentlich darf man nicht mit dem Hund abseits von den Spazierwegen gehen, aber wir hatten ihn ja angeleint, damit er nicht irgendwelche Tiere jagt. Naja, wir waren also erst im Wald, und dann in so einem Maisfeld. Und danach auf einem anderen Feld, aber da standen nur noch Strohstoppeln. Das war alles in der Nähe von dem Parkplatz vor dem Hardter Wald, nicht weit weg von dieser Kornmuhme, oder was das sein soll.«

Habicht fürchtete sich vor dem, was er als Nächstes erfahren würde: »Sie sagten, dass Sie mit Ihrem Hund unterwegs waren«, gab er nur den Redeimpuls.

In den Augen von Stefan schwammen Tränen. »Mein Vater hat ihn zum Tierarzt gebracht. Fünf Minuten später mussten sie ihn einschläfern, und ich bin mir sicher, dass es besser für ihn war!«, schluchzte er.

»Das ist wirklich alles schrecklich. Ich hoffe sehr, dass es Ihnen bald besser geht. Ich werde mich mit diesen Ereignissen weiter beschäftigen und versuchen, etwas herauszufinden«, versprach Habicht und blickte so unauffällig, wie es ihm möglich war, auf seine Armbanduhr. Er musste dringend los in Richtung Teufelsspirale.

»Ich möchte nicht unhöflich sein, wenn ich mich nun verabschiede. Ihnen beiden wünsche ich eine gute Besserung!«, sagte Habicht schnell, wich den Blicken der zwei Patienten aus und wandte sich zur Tür.

»Herr Habicht, das ist doch nicht normal!«, rief ihm Stefan mit vor Verzweiflung bebender Stimme hinterher. »Da geht man durch den Wald und durch Felder und dann erlebt man das, was man nur aus Horrorfilmen kennt, wenn Vampire ins Tageslicht geraten!«

Kapitel 14

Schwalmtal, an der Teufelsspirale

Glutrot senkte sich die Abendsonne über das Maislabyrinth und kündigte die schon bald hereinbrechende Dunkelheit an. Habicht lehnte sich an seinen Wagen, den er auf einem Grasstreifen geparkt hatte, atmete tief durch und versuchte, einen Augenblick lang innezuhalten.

Seine Gedanken sortieren und mit dem Blick in die Ferne schweifen, das brauchte er jetzt, bevor er sich gleich in die Teufelsspirale aufmachen würde. Statt des Turms der Sankt-Nikolaus-Kirche, die er bei seiner Arbeit in Mönchengladbach-Hardt immer wieder gesehen hatte, ragte hier der Turm der Waldnieler Kirche Sankt Michael in der Ferne hinter den Maispflanzen heraus. Trotz des Dämmerlichts konnte Habicht das Holzschild lesen, das neben dem Eingang in die »Teufelsspirale« an einen Holzpfosten genagelt hing:

»Nutzung auf eigene Gefahr!
Betreten nach Einbruch der Dunkelheit verboten!«

Was mache ich hier eigentlich?, dachte Habicht, legte den Kopf in den Nacken und starrte einige Atemzüge lang zu den rosa und lila Wolken hinauf. Dann öffnete er die Autotür, griff ins Wageninnere, nahm den Ordner mit den Wetterdaten heraus und schlug ihn auf. Habicht blätterte bis zu der Seite mit den Einträgen für das heutige Datum, fuhr mit dem Finger in der Tabelle herunter und las den Eintrag für diesen Abend: »trocken, leichte Bewölkung«.

Das passt ja, stellte er fest und sah noch einmal prüfend zu dem Abendhimmel, der eine Postkarte hätte zieren können. Habicht klappte den Ordner zu und beugte sich erneut in den Wagen, um das Handschuhfach zu öffnen. Den Ordner mit den Wetterdaten legte er hinein, außerdem sein Smartphone und sein Portemonnaie, bevor er ein anderes, etwas billigeres Smartphone aus dem Handschuhfach nahm und einschaltete. Auch dieses verfügte über eine leistungsfähige Kamera, allerdings waren die Datenspeicher nahezu leer: keine Fotos, keine Filme, keine Notizen, keine Apps, keine Telefonnummern. Habicht steckte das Mobiltelefon in die Hosentasche und verriegelte die Türen seines Wagens.

Er wusste nicht, ob er in dem Maislabyrinth wirklich den Mann treffen würde, der sich als der »Vater der Kornmuhme« bezeichnete. Vielleicht würde er sich irgendwann eingestehen müssen, dass niemand kommen würde. Doch vielleicht kam tatsächlich jemand, der etwas Wichtiges zu sagen hatte, das helfen könnte, die merkwürdigen Ereignisse der letzten Tage zu verstehen. Möglicherweise würde aber nur ein Spinner auftauchen, der ihm die Zeit stahl. Doch schlimmstenfalls lief er direkt in eine Falle. Und wer auch immer in der Teufelsspirale auf ihn lauern könnte, sollte es nicht zu einfach haben, ihm Geld oder – noch schlimmer – Daten zu rauben.

Die rot glühende Sonne stand inzwischen tiefer über dem Mais, die Abendluft frischte auf. Habicht trat auf den Eingang der Teufelsspirale zu. Ein zweites Holzschild stand wie ein Wachsoldat neben dem Eingang ins Labyrinth. Habicht konnte dessen Aufschrift erst lesen, als er direkt davor stand. »Na, ganz toll!«, knurrte er, nachdem er die Zeilen überflogen hatte:

»Willkommen in der Teufelsspirale!
Du betrittst 45.000 m^2 und ein Wegenetz von etwa drei Kilometern Länge! Durchschnittliche Aufenthaltszeit: 1,5 Stunden! Der Mais in unserem Maislabyrinth ist kreuz und quer – also doppelt – ausgesät und daher blickdicht! Das Maislabyrinth gibt es von Juli bis Erntedank!
Viel Glück!«

Habicht berührte mit den Fingern seiner rechten Hand die rauen Maisblätter. »Dann mal rein in die Teufelsspirale«, knurrte er und ging los.

Der Ackerboden fühlte sich unter seinen Schuhsohlen weich an. Doch zum Glück war der Regen der letzten Tage versickert, statt die Labyrinthwege in eine Schlammpiste zu verwandeln.

Das Rot des Abendhimmels ging immer tiefer in ein dunkles Lila über. Die Tage wurden spürbar kürzer, bemerkte Habicht. Er vermutete, dass sich die Dunkelheit in weniger als dreißig Minuten über das Labyrinth gelegt haben würde.

Sein Weg beschrieb eine lang gezogene Kurve, die scheinbar nicht mehr enden wollte. Das Gefühl, ständig im Kreis zu laufen, raubte Habicht die Orientierung. Er wusste nicht mehr, in welcher Richtung sein Auto stand. Habicht versuchte, sich seinen Weg aus der Vogelperspektive vorzustellen: Vermutlich war dieser Wegabschnitt wie ein gigantisches Schneckenhaus angelegt. Abrupt gabelte sich der Weg. Habicht bog nach links ab. Bei jedem Schritt ließ er seine rechte Hand durch die Maispflanzen-Mauer rascheln. Dieses Geräusch war das einzige, was er hörte.

Habicht blieb stehen und lauschte angestrengt: völlige Stille. Keine Schritte, keine Stimmen, kein Rascheln einer oder mehrerer Personen, die ebenfalls durch das Labyrinth streiften. Und somit auch kein Hinweis, der auf das Auftauchen des Verfassers der Nachricht, die ihn hierher gelockt hatte, hindeutete. Doch Habichts Instinkte warnten ihn vor dem Gedanken, sich in dieser Stille in Sicherheit zu wiegen. Die Stille hatte für ihn etwas Bedrohliches. Kälte kroch an seinem Körper hoch, er zog den Reißverschluss seiner Jacke bis zum Kragen zu und zwang sich weiterzugehen.

Der Weg gabelte sich erneut, beschrieb zwei weitere Kurven, führte zu einer Kreuzung und dahinter in einen Gang, auf dem im Abstand von nur wenigen Schritten sich immer wieder kleine Gänge öffneten. Schließlich stoppte Habicht an einer weiteren Kreuzung.

Über dem Mais breitete sich inzwischen ein dunkelblauer Abendhimmel aus, an dem bereits einzelne Sterne funkelten. Der Hauch einer Möglichkeit, sich an der Richtung des Sonnenuntergangs zumindest grob zu orientieren, war mit der Sonne verschwunden.

Habicht seufzte. Was mache ich hier eigentlich? Ich sollte bei Piet am Krankenbett sitzen und ihm einen Comic vorlesen. Habicht überlegte, wie er möglichst schnell wieder aus diesem verdammten Labyrinth kommen könnte, um dann irgendwo eine Flasche Wein oder Ähnliches zu kaufen. Danach wollte er zum Elisabeth-Krankenhaus fahren und Piet besuchen. Er müsste sich nur noch etwas einfallen lassen, damit ihn dort der Sicherheitsdienst nicht rauswerfen würde, weil er die Besuchszeiten eigenmächtig erweiterte. Aber wahrscheinlich schläft Piet schon, und ich streite mich völlig umsonst mit der Security, überlegte Habicht noch, dann zuckte er zusammen.

Hatte es da gerade geraschelt? Er lauschte. Da raschelt tatsächlich etwas im Mais, schoss es Habicht durch den Kopf, und er glaubte nicht, dass es eine Feldmaus oder ein Vogel war. Jemand trampelte durch die Maisreihen, ohne sich die Mühe zu geben, unbemerkt zu bleiben.

Habichts Blick ruckte von links nach rechts über die Kreuzung. Es raschelte, Maispflanzen wurden zur Seite gedrückt, und ein erdverschmiertes Gesicht schob sich direkt neben Habicht durch die Maiswand.

»Sie haben meine Nachricht gefunden und sind gekommen!«, begrüßte der Mann ihn und fuhr fort: »Ich danke Ihnen und versichere, dass ich Ihnen nichts antue und alles in meiner sehr bescheidenen Macht stehende unternehme, damit die Anderen es nicht schaffen, Ihnen etwas anzutun! Ihr Leichtsinn soll belohnt werden, Rolf Habicht!«

»Es freut mich, dass meine TV-Berühmtheit sogar dieses entlegene Maisfeld und seine Bewohner erreicht hat«, gab Habicht ironisch zurück. »Ich nehme an, Sie sind der ‚Vater der Kornmuhme'?«

Der Mann trat nun zwischen den Maispflanzen hervor. Seine zerschlissene Hose und der löchrige Parka ließen Habicht einen Moment lang annehmen, es mit einem Obdachlosen zu tun zu haben. Doch auf den zweiten Blick revidierte der Journalist seine Einschätzung. Wenn überhaupt, fristete dieser Mann noch nicht lange sein Leben im

Freien. Dessen Gesicht war zwar schmutzig, aber noch nicht so verlebt und wettergegerbt wie bei vielen Wohnungslosen, die Habicht in Düsseldorf am Bahnhof um ein paar Euro anbettelten. Die dunklen Haare standen chaotisch vom Kopf ab, fetteten extrem und waren länger nicht mehr frisiert worden. Jedoch auch deren Zustand deutete Habicht als Indiz dafür, dass dieser Kerl erst vor recht kurzer Zeit aus dem gesellschaftlichen Leben ausgebrochen war – oder einfach nur so tun wollte, als sei dem so.

»Ich hatte gehofft, auch die Bekanntschaft mit der Mutter der Kornmuhme zu machen. Aber ich sehe schon, die liebe kleine Kornmuhme kommt ganz auf den Papa«, sagte Habicht. Der Mann blickte ihn irritiert an.

»Ich dachte, Sie seien nur im Fernsehen so mies!«, murmelte er.

»Nach Einbruch der Dunkelheit bin ich in Maisfeldern noch viel mieser«, gab Habicht zurück und forderte dann: »Jetzt mal los! Was soll der ganze Mist, und was hat es mit den Wetterdaten auf sich?«

Die völlig zusammenhangslose Gegenfrage des Mannes warf Habicht einen Augenblick aus dem Konzept:
»Wie soll ich für Sie heißen?«

»Edward!«, beschloss Habicht spontan. Das erinnerte ihn an Tim Burtons Film »Edward mit den Scherenhänden«, dessen Titelfigur ihn zumindest von der Frisur her an diesen Mann aus dem Mais erinnerte.

»Okay. Nun bin ich Edward«, sagte der Mann und lächelte.

»Und wieder habe ich einen Menschen glücklich gemacht. Machen Sie mich doch auch mal glücklich und beantworten Sie mir meine Fragen.«

»Es gibt einen Schuppen nicht allzu weit von der Kornmuhme entfernt. Wenn Sie es schaffen, ihn zu finden und hineinzukommen, dann werden Sie darin nicht nur Antworten, sondern vor allem auch Beweise finden«, gab Edward zurück.

»Beweise für was?«, hakte Habicht nach.

»Was Sie finden, wird Ihnen den Grund für die Existenz des Wetterdaten-Ordners, den ich Ihnen zugespielt habe, schlagartig klarmachen. Und Sie werden Beweise finden, mit denen Sie Ihre Erkenntnisse belegen können.«

Habicht wollte Edward gerade unterbrechen, als der sagte: »Smart Farming ist nur ein Teil dessen, was die machen. Das, was die Öffentlichkeit zurecht sehr verunsichern würde, spielt sich unbemerkt ab.«

»Edward!«, sagte Habicht langsam und blickte dem verwahrlosten Mann direkt ins Gesicht, um dessen Reaktion auf die nächste Frage genau zu sehen.

»Kennen Sie einen Gunnar Boldar?«

Edward zuckte zusammen, schlug den Blick nieder, senkte den Kopf und schwieg.

»Was macht dieser Kerl?«, bohrte Habicht weiter.

»Er selbst würde wohl sagen, dass er ein Architekt der Zukunft ist«, gab Edward zurück und wich Habichts Blick immer noch aus.

»Und was sagen *Sie*?«

Edward hob langsam wieder den Kopf und sah Habicht an. Sein Blick wirkte nun noch irrer als bisher, er verzog das Gesicht zu einer Grimasse, als hätte er etwas Widerliches geschmeckt. Dann spie er den Satz aus:

»Gunnar Boldar ist ein Monster!«

Nun war es Habicht, der den Blick abwandte. Er schaute auf die Kreuzung des Maislabyrinths. Auch innerlich befand er sich jetzt an einem Scheideweg:

War der Kerl ein Whistleblower, der Interna aus dieser obskuren Smart-Farming-Firma kannte, die nicht ans Licht kommen sollten? Hatte ihm das, was er wusste, gesehen und vielleicht sogar selbst getan hatte, den Verstand geraubt? Hauste er deswegen unter freiem Himmel und erbaute gespenstische Kornmuhmen? Versuchte er so auf Umwegen Aufmerksamkeit für sich, sein Thema und sein Anliegen zu generieren?

Oder war er ein Spinner, der zwar Boldar kannte, aber letztlich nichts Seriöses zu melden hatte? Vielleicht war er auf einem persönlichen Rachefeldzug gegen Boldar? In beiden Fällen würde er Habicht nur aufs Glatteis führen. Ein daraus entstandener TV-Beitrag wäre das endgültige Ende seiner längst kränkelnden Karriere.

Aber was wäre, wenn Edward wirklich brisantes Material besäße?

»Reden Sie doch mal Klartext!«, forderte Habicht ihn auf. Edward schüttelte den Kopf. Aber es wirkte weniger wie das Kopfschütteln, das ein trotziges Nein ausdrücken sollte als vielmehr eins, mit dem er zeigte, dass er vor einer großen Aufgabe kapitulierte. Mit Verzweiflung in der Stimme und starrem Blick auf den Ackerboden monologisierte er vor sich hin:

»Ich weiß nicht, ob er stark genug ist. Ob ich es ihm zumuten kann. Ich glaube nicht, dass er eine Chance hat. Er müsste fast Übermenschliches leisten.«

»Edward, wenn es Ihnen wirklich wichtig ist, dann reden Sie jetzt mit mir und nicht länger mit sich. Andernfalls mache ich mich jetzt auf den Weg nach Hause und sage dem nächsten Journalisten Bescheid, dass er reinkommen soll. Die Kollegen stehen nämlich schon vor dem Maislabyrinth Schlange!«, blaffte Habicht ihn an.

Doch Edward murmelte nur weiter vor sich hin: »Was ist, wenn es zu viel für ihn ist? Was ist, wenn er es nicht durchhält?«

Habicht versuchte es mit einer anderen Strategie: »Sie lassen diese Kornmuhmen hier auftauchen und deponieren darin eine merkwürdige Datensammlung. Dann wütet ein Tornado. Den haben ich und zwei andere Menschen nur überlebt, weil wir in einem Bunker Zuflucht fanden, in dem ein weiterer Ordner mit Wetterdaten lag. Kurz danach verliert ein vierjähriger Junge im Maisfeld sein Bewusstsein und wird mit Verbrennungen ins Krankenhaus eingeliefert. Und im selben Krankenhaus müssen zwei Jugendliche behandelt werden, die aussehen wie Dracula nach dem Strandurlaub! Zwischendurch taucht das Monster Boldar auf und macht mir ein Jobangebot. Ich habe das Gefühl, dass all dies miteinander zu tun hat, aber ich verstehe noch nicht wie. Können Sie das Rätsel lösen?«

»Schließen Sie keinen Pakt mit dem Teufel! Nehmen Sie das Jobangebot *nicht* an!« In Edwards Stimme schwang Wut und Verzweiflung. »Das einzig Gute an Ihrer Lage ist: Wenn Boldar Sie unter

Vertrag nehmen will, dann respektiert er Sie. Dass Sie den Tornado überlebt haben, wird Ihren Wert nur noch gesteigert haben. Der Tornado wäre so oder so gekommen, aber nun ist Ihr Überleben zu etwas geworden, das man in anderen Weltanschauungen als Gottesurteil bezeichnen würde. Wenn Boldar Sie jedoch aufgibt, dann wird die Lage für Sie erst recht gefährlich.«

»Was hat es mit dem Bunker und dem zweiten Datenordner auf sich?«, wollte Habicht jetzt wissen.

Edward winkte ab. »Bloß ein Depot für Material. Der Ordner gehörte zur Grundausstattung. In dieser Phase des Projekts sollte der Bunker aber schon fast leer sein. Wichtig ist vor allem das, was der Schuppen verbirgt.«

»Was würde ich darin finden?«

»Zum Einen schweres landwirtschaftliches Gerät, unter anderem auch jenes, das ich nutzte, um die Kornmuhmen zu errichten. Zum Anderen Dinge, die Ihre Fragen beantworten werden. Sammeln Sie Beweise. Wenn die Felder abgeerntet sind, wird auch der Schuppen so plötzlich verschwinden, wie er aufgetaucht ist.«

»Was hat bei dem Kind zu der Bewusstlosigkeit geführt? Was zu den Verbrennungen?«

Edwards Antwort kam prompt, nachdrücklicher und lauter als alles, was er zuvor gesagt hatte:

»*Das ist kein Mais!*«

Die folgende Stille lastete nun auf den beiden.

»Das ist kein Mais!«, wiederholte Edward. »Boldar hat den ganzen Acker... wie soll ich es sagen? Er hat den Acker verdorben. Er hat ihn böse gemacht!«

»Okay, ich wünsche Ihnen noch einen schönen Abend!«, verabschiedete sich Habicht und ließ Edward einfach stehen.

Wie konnte ich ein solcher Idiot sein und so einem Idioten zuhören?, fragte sich Habicht, während er um eine Kurve bog. Da stand Edward mitten auf dem Weg vor ihm, das Gesicht zu einer wütenden Grimasse verzogen wie ein Kind, das kurz vor einem Wutausbruch stand. Als hätte man ihm mit der Faust in den Magen geschlagen, traf Habicht, was Edward hervorstieß:
»Piet und Emma sind genauso in Gefahr wie Sie!«

Dann bog Edward die Maispflanzen neben sich zur Seite und verschwand in der Wand aus Halmen, Blättern und Kolben. »Hey! Sie erzählen mir jetzt, was Sie wissen!«, donnerte Habicht und stürmte durch die Maiswand hinter Edward her. Er fand sich in einem kreisrunden Zwischenraum wieder, in dessen Mitte Edward stand.

»Die Wahrheit ist zu grotesk, als dass ich Sie Ihnen einfach sagen könnte«, erklärte der. »Aber Sie werden es selbst herausfinden. Vertrauen Sie mir, denn ich vertraue auf Sie. Um in die Hütte zu gelangen, müssen Sie die Wurzel aus dem Bösen ziehen. Merken Sie sich das! Dann kommen Sie hinein. Passen Sie auf sich auf. Nicht alles, was Boldar Ihnen anbieten wird, ist schlecht. Vielleicht wird er Ihnen wirklich Gutes geben oder ermöglichen, aber sicher aus schlechtem Grund. Wenn Sie es annehmen, werden Sie davon profitieren. Doch schon sehr bald danach wird er etwas einfordern. Dann zeigt er sein wahres Gesicht. Aber dann wäre es schon zu spät für Sie. Schließen Sie keinen Pakt mit dem Teufel! Finden und sichern Sie alle Beweise.«

Edward sprach nun ruhiger als zuvor, was ihn gleich bedeutend seriöser wirken ließ, und genau das jagte Habicht Angst ein. Der Name, den Habicht dem verwahrlosten Mann mehr im Scherz gegeben hatte, schien nun noch passender, erinnerte er doch an Edward Snowden.

Was würde es bedeuten, wenn auch sein Edward aus dem Mais ein ernst zu nehmender Whistleblower mit explosiven Informationen wäre?, fragte sich Habicht. Könnte ich das überhaupt alles stemmen, was eine große journalistische Enthüllungsstory mit sich brächte?

Der prominente Namensvetter seines Edwards war ein hoch intelligenter CIA-Informatiker gewesen, der bei der Offenlegung der skandalösen NSA-Sammelwut strategisch vorgegangen war. Er hatte sich an die britische Journalistin Sarah Harrison gewendet, die auch schon den WikiLeaks-Gründer Julian Assange beraten hatte. Sie war daher mit dem Schmieden von Fluchtplänen, dem Stellen von Asylanträgen und Organisieren von Hilfsaktionen ebenso vertraut wie mit journalistischer Arbeit. Zudem hatte Edward Snowden sich Laura Poitras – eine Filmemacherin und Regisseurin – und dem Journalisten, Blogger und Rechtsanwalt Glenn Greenwald anvertraut. Also ein »Dreamteam« für eine Aktion, die durch Geheimdienste und Polizei schnell in einem Albtraum enden konnte, wie Habicht fand.

Habicht war klar, dass er noch etliche Entscheider im Sender von dieser abenteuerlichen Geschichte überzeugen müsste. Les Russo wäre sicher noch derjenige, der ihm am ehesten Gehör schenken würde. Auch diese Entscheider würden ein gigantisches Risiko auf sich nehmen müssen. Alan Rusbridger, der frühere Chefredakteur und Herausgeber des Guardian, hatte es im Fall Snowden getan – und es danach mit britischen Geheimdienstleuten zu tun bekommen. Er wurde vor einen Ausschuss des britischen Parlaments geladen. Zu diesem Zeitpunkt war nicht abzusehen gewesen, dass er 2014 für sein risikoreiches Engagement den Alternativen Nobelpreis überreicht bekommen würde.

»Egal was passiert: Alarmieren Sie nicht die Polizei!«, holte Edwards Stimme Habicht aus seinen Gedanken zurück in das dunkle Maislabyrinth. »Sie würde nichts finden. Aber alles würde nur noch schlimmer werden.«

»Wie geht es jetzt weiter?«, wollte Habicht wissen.

»Sie verschwinden. Sie werden alles finden, von dem ich gesprochen habe. Sie werden es verstehen, und Sie werden wissen, was zu tun ist. Aber jetzt machen Sie, dass Sie wegkommen! Ich werde die, die auf dem Weg hierher sind, ablenken und von Ihnen weglocken«, fuhr Edward fort. »Verlieren Sie keine Zeit. Seien Sie leise. Und bleiben Sie auf dem rechten Weg. Es hat begonnen.«

Habichts Mund fühlte sich plötzlich trocken an. »*Wer* ist auf dem Weg hierher? *Was* hat begonnen?«

»Die ‚Aktion Minotaurus'«, zischte Edward. Dann legte er einen Zeigefinger auf die Lippen und zeigte mit dem anderen in die Luft.

Habicht lauschte angestrengt: Rascheln und Flüstern.

»Los! Da lang!«, raunte Edward, zeigte auf den Weg, der nach rechts abzweigte und eilte selbst auf den linken zu. Habicht wollte noch etwas sagen, doch seine Stimme versagte, sein Fluchtreflex übernahm die Kontrolle. Er rannte los, einfach weg von hier, immer tiefer in die Teufelsspirale.

Kapitel 15

Aktion Minotaurus

Habicht saß in der Falle: eine Sackgasse! Mit auf den Knien gestützten Händen stand er völlig außer Atem in einem von Maispflanzen versperrten Gang. Der Lebenswandel der letzten Jahre hatte seine Kondition nicht gerade verbessert. Trotz der brennenden Schmerzen in seiner Lunge gab sich Habicht alle Mühe, so leise wie möglich nach Luft zu schnappen, doch er hatte das Gefühl, man müsste ihn meilenweit hören.

Was sollte er tun? Kämpfen? Bei seiner körperlichen Verfassung kein aussichtsreiches Unterfangen, zumal Habichts Angriffslust rein rhetorischer Natur war. In seinem Erwachsenenleben hatte er nur einmal zugeschlagen, nachdem ihm ein Paparazzo aufgelauert hatte. Der hatte danach zwar keine Fotos von Habicht, aber dafür eine kaputte Kamera und eine gebrochene Nase. Doch Habicht wusste genau, dass in dieser Nacht seine Chancen, unversehrt zu bleiben, dramatisch schlechter standen.

Verstecken? Es wäre Glückssache, wenn man ihn nicht finden würde, und auf Glück verließ er sich schon lange nicht mehr. Weglaufen? Wohin, mitten in einem Maislabyrinth? Moment, vielleicht besteht eben darin eine Chance!, schoss es Habicht durch den Kopf. Alle Wände waren nichts als biegsame Pflanzen, dachte er und schob sich zwischen den Maishalmen hindurch. Die Blätter raschelten. Habicht hatte den ersten Fuß auf den dahinter verlaufenden Gang gesetzt, als er das aufgeregte Flüstern im Mais hörte. Schlagartig bemerkte er, dass Edward keineswegs eine pathetische Floskel von sich gegeben hatte, als er ihm geraten hatte: »Bleiben Sie auf dem rechten Weg!« Nein, wenn Habicht vom Weg abkam, so strafte das Maislabyrinth seinen Übertritt mit einem vernehmbaren Rascheln. Nur wenn er sich an die verworrenen Gänge hielt, hätte er eine Chance, fast lautlos davonzukommen. Wie auch immer: Er musste hier weg! Und zwar sofort!

Dem Flüstern folgte Rascheln. Die, die ihn und Edward jagten, setzten offenbar darauf, sich schnell und auf direktem Wege, statt möglichst unhörbar zu nähern. Ohne weiter nachzudenken, lief Habicht den Gang nach rechts, ließ drei Abzweige links liegen und hastete um zwei Kurven, bevor er stehenblieb und lauschte. Das Rascheln klang nun weiter entfernt. Der Erleichterung folgte ein Schock: In dem Moment, in dem er hinter Edward her durch die Wand getreten war, hatte er die Chance, mit der Rechten-Hand-Methode zuverlässig aus dem Labyrinth zu finden, hinter sich gelassen.

Habicht musste an die Sage vom Minotaurus denken, jener Kreatur, nach der die Jagd auf Edward und ihn offenbar benannt war.

Der Minotaurus hatte sein Leben als Wesen mit Stierkopf auf einem menschlichen Körper in einem Labyrinth gefristet, in dem ihm alle neun Jahre sieben Jungfrauen und sieben Jünglinge als Tribut geopfert werden mussten. Der attische Königssohn Theseus setzte dem ein Ende, indem er den Minotaurus tötete und mit einem Garnknäuel, das er von Minos' Tochter Ariadne erhalten hatte, aus dem Labyrinth entkam. Aber wie wäre die Geschichte wohl ausgegangen, wenn Theseus nicht so stark gewesen wäre, wenn er es mit mehreren Kreaturen zu tun gehabt hätte und wenn das Garn irgendwo im Labyrinth gerissen wäre?

Direkt hinter sich hörte er ein Flüstern: »Er muss hier in der Nähe sein!«

Habicht presste vor Schreck eine Hand auf den Mund, blieb erstarrt stehen, wartete einige endlos erscheinende Sekunden ab und lauschte: Stille.

So leise er konnte, rannte er los, bog um eine Ecke und stoppte in einer Sackgasse, einem maisumwucherten Zwischenraum von weniger als vier Quadratmetern Fläche. Also umkehren! Er trat hinaus in den Gang – an dessen Ende, kaum erkennbar in der Dunkelheit, ein Mann stand. Habicht sprang zurück in den maisumwachsenen Zwischenraum, der Sackgasse, die ihm nun als Versteck dienen musste. Angespannt starrte er auf die Lücke im Mais. Ob nur Sekunden oder gar Minuten vergingen, wusste

Habicht nicht, doch niemand tauchte vor der Lücke auf. Vielleicht war der Mann längst verschwunden? Ob er einen vorsichtigen Blick um die Ecke riskieren könnte? Habicht schlich los. Es trennten ihn noch zwei Schritte von der Einmündung, als dort die Silhouette eines Mannes auftauchte.

Habicht erstarrte wie eine Maus vor der Schlange, kniff reflexartig die Augen zu, davon überzeugt, jeden Moment einen Schlag oder Stich zu spüren. Doch nichts geschah, er zwang sich, die Augen wieder zu öffnen: Der Mann war verschwunden. Habicht wagte einen weiteren Schritt auf die Lücke zu, als er eine männliche Stimme hörte: »Zielobjekt ist nicht hier. Werde meine Suche jetzt intensivieren!«

Habicht vermutete, dass die Meute, die ihn und Edward jagte, sich über Funk verständigte. Sicherlich hatten sie sich aufgeteilt und versuchten, mit ihrem koordinierten Vorgehen die Schlinge enger zuzuziehen.

Ein Schrei tönte durch den Mais zu ihm herüber. Habichts Herz raste: Er erkannte Edwards Stimme. Sofort raschelte es an gleich mehreren Stellen im Mais, als offenbar etliche Personen in die Richtung loseilten, aus der der Schrei gedrungen war. Wollte Edward Habicht etwa auf diese Weise helfen zu entkommen, indem er die Aufmerksamkeit der Meute auf sich zog?

Habicht verharrte noch einen Moment, um nicht womöglich einem Nachzügler direkt ins offene Messer zu laufen. Dann überwandte er seine Angst und rannte los. Volles Risiko – einfach rennen, immer weiter durch das Maislabyrinth. Er wusste nicht, wie lange und wie weit er lief und noch viel weniger, ob er sich dem Rand oder dem Zentrum des Labyrinths näherte.

Irgendwann blieb er stehen, nicht weil er wollte oder es für eine gute Entscheidung hielt, sondern weil ihm schwarz vor Augen wurde.

»Wir sind hier am südlichen Ende des Maislabyrinths!«, zischte jemand hinter der Maiswand.

Wer auch immer da gesprochen hatte, auch er schien über Funk mit jemandem zu kommunizieren, denn es entstand eine Pause, so als würde der Mann weitere Instruktionen entgegennehmen. Dann: »Okay, ich habe verstanden. Ich komme rüber ins Zentrum!«

Ein Rascheln, Stille, ein Rascheln, Stille. Es wäre heikel, sehr sogar, aber Habicht sah in der irrwitzigen Idee, die in ihm aufblitzte, einen Hoffnungsschimmer. Fast alle Gänge im Labyrinth waren bislang drei Schritte breit gewesen. Der Mann, der ihn suchte, erzeugte bei seinem Quer-Feldein-Weg einen Rhythmus aus Rascheln und Stille. Wenn es Habicht gelingen könnte, im gleichen Rhythmus durch die Maiswände zu steigen, würde sein Rascheln mit dem des Mannes verschmelzen. So hätte er den Hauch einer Chance, sich unbemerkt auf gerader Linie aus dem Labyrinth zu schlagen. Riskiere es!, schrie es in Habicht auf.

Er zählte herunter: drei – zwei – eins – los! Er brach durch die Maiswand, zählte erneut herunter: drei – zwei – eins – und weiter! Noch einmal: drei – zwei – eins – *renn!*

Völlig unvermittelt stand Habicht auf einem Acker, dessen Stoppeln erkennen ließen, dass hier im Sommer Getreide geerntet worden war. Er hatte es wirklich geschafft! Doch das Hochgefühl verflog so schnell, wie es gekommen war. Er musste die riesige Teufelsspirale noch umlaufen, um zu seinem Wagen zu gelangen.

Habicht sah sich um: Felder und Dunkelheit. Nichts, an dem er sich orientieren könnte. Er lief los, Hauptsache weg von hier. Nach etlichen Minuten, in denen Seitenstiche ihm fast den Atem raubten, erkannte er endlich in der Dunkelheit die Silhouette seines Autos. Er zögerte, sah sich vorsichtig um, ob irgendjemand hier auf ihn lauerte, um ihn abzufangen: Mais, Äcker und Dunkelheit. Habicht mobilisierte seine letzten Kraftreserven, rannte über den Feldweg auf den Wagen zu, schloss ihn auf, sprang hinein und ließ die Teufelsspirale mit durchdrehenden Reifen hinter sich.

Noch während sein Auto über den Feldweg holperte, öffnete er das Handschuhfach. Der Wetterdatenordner, sein Portemonnaie und das Mobiltelefon lagen noch darin.

Auf seinem Smartphone bemerkte er eine neue Nachricht. »Du sollst doch nicht beim Fahren Nachrichten lesen!«, schimpfte er ironisch mit sich selbst und tippte mit einem Finger auf das Briefumschlagssymbol.

Sekunden später schlingerte sein Wagen und schnellte auf eine Böschung zu. Habicht riss das Lenkrad herum, die Bäume am Straßenrand rasten vor der Windschutzscheibe vorbei, die Lichtkegel seiner Scheinwerfer glitten über Büsche und ein Rübenfeld, bis das Auto endlich zum Stehen kam. Die Motorhaube zeigte in die Richtung, aus der Habicht gerade erst gekommen war.

»Das darf nicht wahr sein!«, murmelte Habicht immer wieder. Mit zitternden Händen griff er nach dem Handy, das in den Fußraum des Wagens gefallen war und vor sich hin leuchtete. Habicht las die Nachricht noch einmal und noch einmal. Er konnte und wollte das nicht glauben, was da stand:

»*Kommen Sie morgen früh um 9 Uhr in den Hans-Jonas-Park. Dort werde ich Sie finden. Kommen Sie allein. Ich will helfen. Es ist wichtig. Es geht um Piet. Gunnar Boldar.*«

Kapitel 16

Mönchengladbacher Innenstadt, Hans-Jonas-Park

Rolf Habicht erkannte schnell Gründe dafür, warum Gunnar Boldar den Hans-Jonas-Park als Treffpunkt auserwählt hatte. Einerseits lag der Park sehr zentral, direkt am Sonnenhausplatz mit einer Sichtachse zum Einkaufszentrum Minto und nur wenige Schritte von der alten Backsteineinfassade der Volkshochschule entfernt. Andererseits war der Park an vielen Stellen schlecht einsehbar und unübersichtlich.

Gerade einmal fünf Minuten marschierte Habicht nun durch den Park, um sich einen Überblick zu verschaffen. Dabei entdeckte er etliche kleine Wege, die um Bauminseln und Büsche führten, aufeinandertrafen, sich gabelten, die den Abteiberg hinauf- und an einer anderen Stelle wieder hinunterführten. Wege, Treppen, Pfade...

Was bei einem normalen Parkbesuch noch zum Entdecken neuer Spazierwege inspirieren mochte, war für Habicht an diesem Morgen ein Albtraum. Er hasste es, wenn er nicht die Übersicht behielt. Und ausgerechnet hier wollte ihn auch noch der Mann treffen, den Edward als »Monster« bezeichnet hatte.

Keine Videoüberwachung, keine Zeugen und wenn doch, dann vor allem Leute, die wohl kaum mit der Polizei reden wollen, führte Habicht gedanklich die Liste der Gründe für die Wahl dieses Treffpunktes fort.

Er ließ einen kleinen, mit Ranken bewachsenen Säulengang hinter sich, stieg eine Treppe hinunter und erreichte eine Lichtung. Vor ihm erhob sich ein Ensemble des Künstlers Christian Odzuck, der betongegossene Sitzgarnituren, eine Straßenlaterne und zusammengeschweißte Belüftungsschächte aus dem ehemaligen Schwimmbad am Berliner Platz zu einem Kunstwerk arrangiert hatte.

»Ich wusste, dass Sie kommen würden!«, rief Gunnar Boldar, der nur wenige Meter entfernt über einen Trampelpfad auf ihn zustapfte und mit seinem Businessoutfit hier draußen völlig deplatziert wirkte.

»Wie könnte ich einem smarten Bauernjungen denn den Wunsch ausschlagen, sich mit mir zu treffen! Vor allem, wenn der sich schon die Mühe macht und mir indiskret eine Nachricht auf mein privates Mobiltelefon schickt, ohne dass ich ihm jemals meine Nummer gegeben hätte! Eine Frage, Boldar: Der Ort unserer letzten Begegnung am Haus Erholung ist nur ein paar Meter von hier entfernt. Wohnen Sie in diesem Park?«

Boldar blieb stehen, taxierte Habicht mit aufkeimender Wut, die er nur mühsam herunterwürgte. »Ich habe etwas für Sie. Können Sie sich vorstellen, was?«

»Wenn es ein Maiskolben ist, dann hauen Sie ab, Boldar!«, warnte ihn Habicht voller Ironie.

Mit vor Ärger zusammengekniffenen Lippen griff Boldar in die Innentasche seines Jacketts und zog eine kleine, flache Dose hervor.

»Was ist das?«, wollte Habicht wissen.

Boldar antwortete nicht darauf, sondern fragte stattdessen: »Wie geht es Piet?«

Die Gegenfrage traf Habicht wie eine Ohrfeige. »Bevor Sie mir ihr wertvolles Döschen überlassen, erzählen Sie mir lieber mal, wie Ihre dämliche Visage es auf die Speicherkarte von Piets Kinderkamera geschafft hat!«, donnerte Habicht.

»Vermutlich, weil seine Kamera so eingestellt war, dass sie filmt oder fotografiert. Aber ich nehme an, dass Sie eigentlich etwas anderes wissen wollen, oder?«, entgegnete Boldar, diesmal weder von der Provokation verärgert noch davon schockiert, dass Habicht ihm nachweisen konnte, bei Piet gewesen zu sein.

»Was haben Sie mit ihm gemacht?«, fragte Habicht bebend vor Wut.

»Ich habe ihm das Leben gerettet!«, antwortete Boldar eindringlich.

»Vor was?«, schoss Habicht die nächste Frage ab.

»Vor dem, was ihm offenbar einen allergischen Schock verpasst hat. Und glauben Sie mir: Das war sein Glück! Wenn er dort nicht zusammengebrochen wäre, dann...«

Habicht unterbrach ihn: »Dann wäre er ein Verbrennungsopfer geworden? Meinen Sie das?«

»Ich meine, dass Sie ihn in große, unnötige Gefahr gebracht haben – und nebenbei bemerkt: Sie sich auch. Lassen Sie das! Bleiben Sie weg von diesen Orten!«

In Habicht blitzte eine Idee auf, wie er Boldar nun vielleicht doch wieder aus der Reserve locken könnte:

»Warum? Weil Sie den Acker verdorben haben? Den Mais böse gemacht haben? Dass das, was dort wächst, in Wirklichkeit kein Mais ist?« Habicht blickte forschend in Boldars Gesicht. Er wollte wissen, was die Formulierungen und Anschuldigungen des vermeintlichen Whistleblowers Edward bei Boldar auslösten.

»Sie als Journalist sollten doch nun wirklich in der Lage sein, die Seriosität einer Person, die an Sie herantritt, realistisch einzuschätzen«, entgegnete Boldar völlig gelassen.

Für Habicht hieß das: Boldar kannte tatsächlich Edward und seine Überzeugungen. Zweifel an dessen Glaubwürdigkeit zu säen, wäre ein naheliegendes Mittel, wenn Boldar wollte, dass Habicht Edward als Spinner abtat. Ein Sonderling war Edward ja offensichtlich. Aber dies bedeutete noch längst nicht, dass alles, was er sagte, unwichtig oder unwahr sein musste. Man hatte sie in der Teufelsspirale gejagt, und Edward hatte sein Leben riskiert, indem er die Meute dazu gebracht hatte, *ihn* zu verfolgen, damit Habicht entkommen konnte.

Boldar hielt Habicht wieder die kleine, flache Dose hin.»Geben Sie das Piet. Es ist eine Salbe. Sie wird die Verbrennungen sehr schnell vollständig abheilen lassen!«

Habicht kämpfte innerlich die Wut nieder, die der Befehlston dieses arroganten Schnösels in ihm auslöste.

»Klar doch! Was macht man, wenn einem ein mysteriöser Fremder in einem Park eine Salbe schenkt? Man fährt ins Krankenhaus und schmiert einen Vierjährigen damit ein! Für wie blöd halten Sie mich eigentlich? Nennen Sie mir auch nur einen Grund, warum ich Ihnen vertrauen sollte!«, donnerte Habicht.

Diesmal schaffte Boldar es, Habicht schachmatt zu

setzen: »Ich halte Sie nicht für blöd. Im Gegenteil: Sie sind hochintelligent. Deshalb bemühe ich mich noch um Sie. Sie wollen einen Grund, warum Sie mir vertrauen sollten? Ich gebe Ihnen *zwei*! Erstens: Sie können die Salbe auf ihre Wirkung testen lassen und hätten immer noch genug, denn schon die Hälfte von dem, was in der Dose ist, reicht, um Piet in kurzer Zeit zu heilen. Ich vertraue Ihnen also dieses kleine pharmazeutische Wunderwerk an. Und zweitens: *Ich* habe Piet das Leben gerettet! *Ich* habe ihn von dem gefährlichen Ort weggetragen, an den er *Ihretwegen* gekommen ist! Ich habe ihn dort abgelegt, wo ich sicher sein konnte, dass Sie ihn finden, bevor es zu spät gewesen wäre!«

Boldar ließ das Gesagte in einer Pause auf Habicht wirken, bevor er hinzufügte: »Glauben Sie ernsthaft, ich hätte nicht erkannt, dass er eine Kamera dabei hatte? Ich hätte sie mitnehmen können. Warum habe ich es also nicht getan? Überlegen wir doch einmal: Wenn es die Fotos nicht geben würde und ich hätte behauptet, dass ich Piet weggetragen habe – hätten Sie mir geglaubt? Also mussten Sie es mit eigenen Augen sehen. Es wäre ein Glück für Piet, wenn Sie die Salbe nun als großzügiges Geschenk annehmen würden. Also: Folgen Sie meinen Anweisungen! Geben Sie Piet die Salbe! Und bleiben Sie von dem Acker fern, auf dem all das passiert ist!«

Habicht begann bei dem erneuten Befehlston innerlich zu explodieren, als die Worte, die folgten, zu einer emotionalen Fehlzündung führten:

»Überwinden Sie endlich Ihre Sturköpfigkeit! Wenn schon nicht für sich, dann wenigstens für Ihren Sohn!«

Diesmal war es Boldar, der in Habichts Mimik las, und was er darin erkannte, ließ Boldars harte Drill-Sergeant-Miene aufweichen. Selbst ihm standen erst Verwunderung, dann Betroffenheit ins Gesicht geschrieben.

»Oh – Sie haben es nicht gewusst«, murmelte er und blickte nervös auf den grasbewachsenen Parkboden. »Das tut mir Leid. Ich war mir sicher, dass auch Sie Piets DNA-Profil kennen würden und wüssten, was das bedeutet.«

Boldar drückte Habicht die Dose in die Hand, wandte sich um und entfernte sich über den Trampelpfad, über den er eben erst gekommen war.

Kapitel 17

Elisabeth-Krankenhaus

Habicht betrachtete den Tetrapak Wein in seiner Hand. Sofort nach dem Treffen mit Boldar hatte er ihn im Minto gekauft, auf dem Parkdeck des Einkaufszentrums in einem Zug halb leer getrunken und sich anschließend hinter das Steuer seines Wagens geschwungen, um zum Elisabeth-Krankenhaus zu rasen.

Nun blickte er zu dem zweigeschossigen Gebäude der Kinderklink hinüber. Hinter einem der Fenster lag Piet in einem Bett.

War er wirklich Piets Vater? Konnte das sein? Die Fragen rotierten in seinem Kopf, und gleichzeitig setzte sein Gehirn immer wieder ein Puzzle zusammen, das ein eindeutiges Bild ergab. Bei allen Alkoholproblemen, die Habicht seit seiner Rückkehr aus dem Irak zu schaffen machten, so hatte es nur einen Abend gegeben, an dem so viel Alkohol geflossen war, dass er und Emma einen Filmriss davongetragen hatten: die Feierlichkeiten zur Preisverleihung des Global-Crisis-Reporter-Awards.

Er hatte mit Emma gefeiert, die an diesem Abend auch mehr intus gehabt hatte als sonst. Das lag nun fast fünf Jahre zurück. Piet wäre auch der einzige Grund dafür, weshalb Emma so viel Zeit mit ihm verbrachte und den Abstieg seiner Karriere begleitete. Dass sie mit einem Kind nicht mehr in China Beiträge für die DW produzieren wollte, für die sie von Schlägertrupps durch Peking gejagt werden könnte, verstand Habicht. Was er jedoch bis jetzt nicht verstanden hatte, war, warum Emma nicht im Berliner Hauptstadtstudio anheuerte, wo man sie definitiv mit Kusshand nehmen würde – Kind hin oder her. Sollte das also wirklich daran liegen, dass sie wollte, dass Piet Zeit mit seinem Vater verbrachte? »Herzlichen Glückwunsch! Du bist Papa!«, murmelte Habicht verbittert und schraubte den Deckel des Tetrapaks ab. Dann schüttete er den Inhalt auf den Asphalt.

Vorsichtig berührte er die Haut an seinem rechten Unterarm. Die Stelle hatte er noch auf dem Parkdeck des Mintos mit der Creme eingeschmiert, die Boldar ihm in der Dose übergeben hatte. Kein Jucken, keine Rötung, nichts, was sich ungewöhnlich anfühlte oder abnorm aussah, weder unmittelbar nach dem Auftragen noch jetzt. Also alles gut, dachte Habicht, abgesehen davon, dass es sich so anfühlte, als habe er dem Teufel die Hand gereicht, um einen Vertrag zu besiegeln.

Ob das Zeug Piet wenigstens helfen könnte? Boldars Argumentation war durchaus plausibel, überlegte Habicht und erinnerte sich sogleich an Edward. Der hatte ihn davor gewarnt, dass Boldar etwas fordern würde, nachdem der ihm etwas Gutes gegeben hätte.

Piet sprang aus seinem Bett, lief auf Habicht zu und umarmte ihn wie schon so oft. Nichts Außergewöhnliches also, aber Habicht überkam das Gefühl, seinen Tetrapak vielleicht doch etwas zu früh weggeschüttet zu haben.

»Wo ist deine Mama?«, fragte er.

»Die holt Wasser. Willst du auch etwas trinken?«, gab Piet zurück.

Jetzt unbedingt lügen, sagte sich Habicht und antwortete: »Nein, danke!«

Er hob Piet auf sein Bett zurück. »Ist die Verbrennung schon verheilt?«, fragte Habicht nun.

Piet schüttelte den Kopf.

Habicht warf noch einmal einen Blick auf seinen mit Boldars Creme eingeriebenen Unterarm: nach wie vor keine Rötung oder Ähnliches.

»Darf ich dir eine Creme geben?«, fragte Habicht.

Piet nickte.

Vorsichtig cremte Habicht die Brandblasen ein. Meine erste Amtshandlung als halboffizieller Vater: Mein Kind mit einer Creme unbekannter Herkunft einreiben. Toller Job! Prost!, schoss es Habicht durch den Kopf.

»Weißt du, wer heute ins Krankenhaus kommt?«, fragte Piet, wartete aber keine Antwort ab.

»Günter!«

»Wer ist Günter?«, fragte Habicht.

»Er ist ein Pferd und spielt Fußball!«, erklärte Piet.

»Ach so: ,Jünter', das Maskottchen von Borussia Mönchengladbach. Ist der krank? Wird der eingeschläfert?«, fragte Habicht.

Piet nahm die Frage ernst: »Nein, er kommt einfach nur so.« Emma betrat das Krankenzimmer, in der Hand eine Wasserflasche. »Ich glaube, Jünter ist eben gekommen«, sagte sie zu Piet, der strahlend von der Bettkante rutschte und aus dem Zimmer lief.

Emma musterte Habicht skeptisch. »Was ist los? Du bist so blass.«

Habicht spähte durch den Türspalt, um sich zu vergewissern, dass Piet schon außer Hörweite war. Er schluckte schwer, rang nach Worten:

»Ich hatte heute eine unheimliche Begegnung mit einem Typen, der angeblich Gunnar Boldar heißt«, begann er schleppend. »Er hatte schon einmal Kontakt zu mir aufgenommen und dabei bewiesen, dass er etliche persönliche Dinge von mir weiß, die nicht bekannt sind: einiges über das Privatleben meiner Eltern, die angebliche Doppelagentenschaft meines Vaters zum Beispiel. Und...«, Habicht stockte, »zu welcher Organisation Boldar auch immer gehört – offenbar haben die sich genetisches Material von mir besorgt, wofür ja bekanntlich ein Haar oder eine Hautschuppe reicht.«

»Das ist ja unheimlich!«, entfuhr es Emma.

Habicht nickte. »Wie es aussieht, hatten sie auch eine Genprobe von Piet.«

Kapitel 18

Piet

»Hast du denn nie daran gedacht, dass Piet dein Kind sein könnte?«, fragte Emma.

Habicht schüttelte heftig den Kopf. »Nein! Ich meine, dieses Kind ist perfekt!«

»Das war ja schon fast bescheiden. Aber er sieht dir doch total ähnlich«, hakte Emma nach.

»Naja, einmal habe ich gedacht, dass er auch von mir sein könnte«, überlegte Habicht laut. »Weißt du noch, wie es war, als er seine Spielzeugkiste nicht aufbekommen hat?«

Emma verdrehte die Augen. »Er ist ausgerastet und hat die Kiste zwei Minuten lang angeschrien und beschimpft, ohne sich zu wiederholen«, erinnerte sie sich. »Ja, da habe ich auch gedacht, dass er ganz auf dich kommt.«

»Warum hast du mir denn nichts gesagt?«, stellte Habicht die für ihn wichtigste Frage.

»Warum ich es dir nicht gesagt habe?« Jetzt schüttelte Emma den Kopf. »An dem Abend, der alles für mich verändert hat, hast unglücklicherweise auch du dich verändert. Dieser Global-Crisis-Reporter-Award war Segen und Fluch in einem. Ein Segen, weil er viele wichtige Leute dazu gebracht hat zu glauben, dass du unbesiegbar bist und ein Fluch, weil *du* das offenbar *auch* denkst oder dich zumindest so verhältst. Seitdem bist du bei jedem, den man als Entscheider oder Respektsperson bezeichnen würde, auf Krawall gebürstet. Ich wollte dir das mit Piet sagen, sobald du dich wieder etwas gefangen hättest. Tja, und dann kam Piets erster Geburtstag, dann sein zweiter, sein dritter, sein vierter, und dann kam Gunnar Boldar und verriet es dir. Tut mir ehrlich Leid, dass du es so erfahren musstest«, erklärte Emma und fragte: »Willst du mir jetzt nicht mal sagen, was damals in dich gefahren ist?«

Habicht zögerte einen Moment, dann: »Dieser Preis war das Zweitschlimmste, was mir beruflich je passiert ist«, begann er. »Das Schlimmste war mir einige Monate vorher widerfahren. Das war im Irak. Es gab eine Live-Schaltung, in der man hätte merken können, dass etwas nicht stimmte. Bei dem Bericht habe ich von ‚wir' und ‚unsere Truppe' gesprochen.«

»Das haben damals doch einige Journalisten auch so formuliert«, hielt Emma dagegen.

»Ja, weil auch viele andere ‚embedded journalists' die Distanz verloren hatten. Das ist auch nicht verwunderlich, wenn man in die Truppe eingebettet wird und mit ihr über lange Zeit an der Front unterwegs ist«, sagte Habicht.

Einen Moment schwieg er nachdenklich, dann fuhr er fort: »Das waren wirklich gute Jungs. Aber es waren Soldaten in Extremsituationen. Und um mit all dem klarzukommen, griffen die nicht nur zur Flasche. Beruhigungsmittel, Aufputschmittel, Drogen... In dem Zustand, in dem die noch Panzer gefahren sind, dürften wir längst nicht mal mehr Auto fahren.«

»Das wusste ich nicht«, sagte Emma leise.

Habicht lachte verbittert. »Woher auch? Ich habe nie etwas darüber berichtet. Und warum nicht? Naja, es gab wohl zwei Gründe. Der erste: Ich mochte die Truppe. Ich musste nicht das Gleiche tun wie sie, aber habe oft dasselbe erlebt wie sie und konnte verstehen, warum sie sich die bunten Pillen reinschmissen. Der zweite Grund: Ich bekam den ganz klaren ‚Befehl', nichts darüber zu senden. Im Grunde hätten die mir nicht viel gekonnt, wenn ich später doch noch darüber berichtet hätte. Habe ich aber nicht. Ich produzierte eine Reportage, die dieses wichtige Detail einfach unter den Teppich kehrte. Und die Reportage machte in der Medienwelt einen kometenhaften Aufstieg und mich zum Star. Dann kam die Nominierung für den Preis. Ich fand einfach nicht, dass ich ihn bekommen sollte. Les Russo sah das aber grundlegend anders.«

»Wusste er, warum du ihn nicht annehmen wolltest?«

»Ja, ich habe ihm alles gesagt. Doch das war ihm egal. Er bestand darauf, dass ich den Preis annehme, da der dem Sender und mir etliche Türen öffnen würde. Und ich befolgte den ‚Befehl'«, erinnerte sich Habicht. »Stell dir vor: Einer der wichtigsten Journalisten des Landes lobt dich vor einem riesen Publikum in seiner Laudatio mit Worten wie: ‚einmalig in seiner schonungslosen Darstellung', ein ‚lückenloses Dokument zur Zeitgeschichte' oder ‚ohne Rücksicht auf eigene Belange oder die Wünsche anderer, nur der Wahrheit und Vollständigkeit verpflichtet', blablabla ... – Er übergibt dir den Preis, schüttelt deine Hand und sagt: ‚Machen Sie weiter so!' Und dir kommt das Ganze vor wie blanke Ironie. Jedes Lob eine Ohrfeige. Und das alles nur, weil ich gehorcht habe.«

Emma seufzte, dachte nach. »Hast du mit Les nochmal darüber gesprochen?«

»Am Tag danach bemerkte ich, dass er mir noch *vor* der Preisverleihung auf die Mailbox gesprochen hatte«, gab Habicht zurück.

»Was wollte er?«

»Mir sagen, dass ich das tun soll, was ich für richtig halte. Und dass er hinter mir stehen würde, egal wie ich mich entscheide.«

»Puh!«, machte Emma, »das ist heftig. Aber es ist vermutlich der Grund, warum er sich ständig schützend vor dich wirft und dich im Sender behält und dir Aufträge zuschustert.«

Habicht blickte hektisch auf seine Armbanduhr.

»Hast du noch Termine?«, fragte Emma.

Habicht nickte. »Eine Verabredung mit Kyrill. Ich habe eine Vermutung und will sie mit ihm besprechen. Es würde mir wirklich Sorgen bereiten, wenn ich Recht behalte.«

»Hast du vorher noch Zeit, um mit Piet zu reden und ihm etwas zu sagen?«, fragte Emma.

»Auf jeden Fall!«, antwortete Habicht.

»Hast du dir überlegt, wie?«, fragte Emma weiter.

Habicht hob einen Zeigefinger. »Obwohl er ja noch zu jung ist, um die Filme zu sehen, so mag Piet doch sehr gerne Star Wars. Und ich denke, wenn wir uns über Episode fünf unterhalten...«

»Nein, kein Star Wars!«, beschloss Emma.

Habicht trat aus der Tür des Krankenhauszimmers in den breiten Flur. In einer Spielecke auf dem Korridor drängelte sich eine Gruppe Kinder um eine Person im »Jünter-Kostüm«: Borussentrikot, überdimensionaler, schwarzer Fohlenkopf, das breite Grinsen comichaft überzeichnet.

»Piet!«, rief Habicht durch den Gang. »Lass den Geißbock da mal in Ruhe und komm bitte zu mir rüber!«

Das Borussenmaskottchen stemmte die Fäuste in die Hüfte, legte den langschnauzigen Kopf schief und starrte zu Habicht hinüber.

»Tschüss, Geißbock!«, rief Piet fröhlich im Laufen und winkte. Piet streckte vor Habicht die Hände in die Luft und wollte auf den Arm gehoben werden. Habicht wuchtete das Kind hoch. Alle Worte, die er sich für den gleich folgenden Moment sorgfältig zurechtgelegt hatte, entfielen ihm, als er Piets Arm sah, auf dem die Brandblasen fast vollkommen verschwunden waren.

Kapitel 19
Nachmittag

Die Ärzte wechselten verunsicherte Blicke. Die Brandblasen waren vollständig abgeheilt. Pigmentveränderungen in der Haut, wie sie bei Verbrennungen durch das Herkuleskraut vorkommen konnten, fanden sie bei Piet nicht. Der Junge und seine spontane Heilung war heute wohl das Thema zwischen den Ärzten, Krankenschwestern und Pflegern auf der Station, vermutete Habicht.

Da er für seinen kleinen Selbstversuch die eine Hälfte der Creme verwendet und die andere auf Piets Verletzungen aufgetragen hatte, gab es nun auch nichts mehr, was man hätte analysieren können und somit bis auf weiteres keinen Grund, etwas von der geheimnisvollen Wundercreme zu erwähnen. Zumindest sah Habicht das so und war froh, dass Piet von sich aus nichts darüber erzählte.

Eine Stunde später stand Rolf Habicht auf dem Sonnenhausplatz und wartete auf seine Verabredung. Er kommt zu spät, dachte er beim Blick auf die Uhr und schnaufte genervt. Wenn man den Leuten mal sagen würde, wie viel Lebenszeit Journalisten mit Warten verschwenden, würde so mancher sich noch einmal gut überlegen, ob er diesen Job ganz oben auf seine Berufswunschliste setzen sollte, überlegte Habicht.

Sieben lebensgroße Bronze Esel, Kunstwerke der Bildhauerin Rita McBride, zierten den Sonnenhausplatz mit seinem Glitzerasphalt. Eltern setzten Kinder auf die Eselsrücken und machten Handyfotos. Habicht musste bei dem Anblick an Piet denken und landete gedanklich sogleich wieder bei dessen »Wunderheilung«.

Eine Idee traf ihn wie der Blitz. Er zog sein Smartphone aus der Hosentasche und wischte mit dem Finger durch seine Kontaktliste. Da war sie: die Telefonnummer von Dr. Luise Lapasse, einer Botanikerin an der Heinrich-Heine-Universität Düsseldorf, die er vor etwa einem Jahr interviewt hatte. Damals hatte er einen Beitrag über das Erblühen der »Titanwurz« produziert, deren riesige Blüte den Gestank von verfaulendem Fleisch verströmte.

Ob die Wissenschaftlerin ihm bei Fragen rund um das Herkuleskraut helfen könnte? Bestimmt, denn sie galt als absolute Koryphäe ihres Fachs. Ob sie *ihm* helfen *wollte*? Eher nicht, denn Lapasse war auch als Exzentrikerin berüchtigt, und das konnte Habicht nur bestätigen. Außerdem hatte sie seinen Wortwitz über den »Titan-Furz« beinahe schon persönlich genommen, so sehr, dass Habicht nicht verwundert gewesen wäre, wenn sie mit Kakteen nach ihm geworfen hätte. Aber er war ihr wohl keinen Kaktus wert gewesen. So war ihre letzte

Begegnung im Botanischen Garten der Heinrich-Heine-Universität verlaufen, erinnerte sich Habicht, während sein Mobiltelefon schon die Verbindung aufbaute.

»Frau Dr. Lapasse, Rolf Habicht hier. Sie erinnern sich vermutlich daran, dass ich vor einiger Zeit ein TV-Interview mit Ihnen geführt habe. Damals sagten Sie mir, dass ich Sie jederzeit anrufen könne, wenn ich Fragen zur Pflanzenwelt habe!«, begann Habicht überschwänglich freundlich.

»Ich erinnere mich an Sie, und ich erinnere mich genau daran, *nie* so etwas gesagt zu haben!«, gab Lapasse kühl zurück.

Habicht konnte es nicht vermeiden, sich beim Klang ihrer Stimme ihr Gesicht vorzustellen, das ihn immer an eine bissige Schildkröte erinnerte.

»Nun ja, dann hatte ich Sie vielleicht geringfügig falsch verstanden«, entgegnete Habicht.

»Was genau das Problem von Journalisten ist, die über naturwissenschaftliche Themen berichten wollen: Sie verstehen immer nur die Hälfte und das auch noch falsch!«, griff Lapasse das Gesagte sofort auf.

»Es geht um die Wirkung des Herkuleskrauts. Mein Sohn ist betroffen«, wechselte Habicht die Strategie.

»Sie haben einen Sohn?«, hörte er Lapasses Stimme lauter als zuvor.

»Ja, natürlich habe ich ein Kind! Seit vier Jahren schon!«, gab Habicht entrüstet zurück.

»Und das ist in eine Herkulesstaude gelaufen?«, fragte Lapasse nach, die nun besorgt statt verärgert klang.

»Wie es aussieht, hatte er Kontakt mit so einer Pflanze. Er ist im Krankenhaus«, erklärte Habicht.

Aus seinem Smartphone klang ein Seufzen von Lapasse. Dann: »Okay, die Ärzte haben Ihnen sicherlich schon einiges erklärt. Sagen Sie mir, was Sie schon wissen, und ich sage Ihnen, was Sie mal wieder alles falsch verstanden haben und was Sie nicht wissen, aber wissen sollten«, beschloss die Wissenschaftlerin.

Habicht fasste die Diagnose und Erklärungen der Ärzte zusammen. Dabei ließ er zwei Aspekte unerwähnt: Erstens, dass es zu der fototoxischen Reaktion in einem Maisfeld gekommen war, ohne dass weit und breit ein Herkuleskraut zu sehen gewesen war. Zweitens, dass die Blasen an Piets Arm in kürzester Zeit nach dem Auftragen einer Salbe, deren Inhaltsstoffe er nicht kannte, abgeheilt waren.

»Was ist los mit Ihnen? Das war ja fehlerfrei«, kommentierte Lapasse, bevor sie fortfuhr: »Sie wissen, dass ich Pflanzen liebe, aber diese Pflanze ist echtes Teufelszeug. Viele denken, sie müssen die dicken Stängel aufbrechen und mit dem darin enthaltenen Saft in Kontakt kommen, um solche gruseligen Verbrennungen zu erleiden. Stimmt aber nur halb. Klar, ist der Saft in den Halmen gefährlich. Aber es genügt bei empfindlichen Menschen bereits ein Kontakt mit den Blättern. Hautentzündungen, Reizungen, Rötungen bis zu einer Dermatitis, bei der es zu der Blasenbildung kommt.«

»Wann geht so etwas normalerweise wieder weg?«

»Wenn kein Wunder geschieht, dann können diese Hautreizungen wochenlang bleiben und nässende Wunden hervorrufen. Der Kontakt mit der Pflanze kann auch zu Fieber, Schweißausbrüchen oder einem Kreislaufschock führen.«

»Das passiert dann alles unmittelbar nach dem Kontakt?«, fragte Habicht.

»Nicht unbedingt. Es ist möglich, dass einem wenige Tage nach dem Kontakt auffällt, dass etwas Schlimmes passiert ist, wenn nämlich erst dann Sonnenlicht auf die betroffene Haut trifft.«

»Aber ein direkter Kontakt mit der Pflanze ist schon nötig. Oder?«, vergewisserte sich Habicht.

»Ich sagte ja: Diese Pflanze ist Teufelszeug«, holte

Lapasse zu ihrer Antwort aus. »Nein, das ist nicht nötig. Wenn Sie sich an heißen Tagen länger unmittelbar neben der Pflanze aufhalten, kann Ihnen das auch zustoßen, was ich eben erklärt habe. Oder Sie erleiden plötzlich Atemnot. Das liegt daran, dass die Pflanze in ihre Umgebung Furanocumarine abgibt. Die können bewirken, dass Sie ein, zwei oder sogar drei Wochen an einer akuten Bronchitis leiden.«

»Und wie werde ich das Ganze wieder los?«, fragte Habicht, wobei er die Symptome meinte.

Lapasse verstand die Frage jedoch offenbar anders. »Diese Pflanzen wehren sich! Passen Sie also bloß auf sich auf, wenn Sie ihr zu Leibe rücken wollen! Sollten Sie das Herkuleskraut abhacken, oder es mit einem Rasentrimmer angehen, wird dabei wohl Pflanzensaft umherspritzen. Der kann auch durch ihre Kleidung hindurch seine Wirkung entfalten. Wenn Sie etwas abbekommen haben, meiden Sie die Sonne. Reinigen Sie die Stellen mit Wasser und Seife oder noch besser mit Spiritus. Bekommen Sie Hautreizungen: Gehen Sie zum Arzt. Nehmen Sie Spiritus und tauchen Sie Zeitungen hinein, mit denen Sie Ihre Sense, Ihren Spaten oder was immer Sie zum Abhacken verwendet haben, abreiben. Verbrennen Sie das Papier danach. Verwendete Gummihandschuhe drehen Sie auf links und benutzen Sie sie nie mehr! Übrigens, diese dünnen Einmalhandschuhe schützen Sie nicht sehr lange. Nach etwa einer Stunde dringen die Furane durch.«

»Okay, nochmal zu den Hautreizungen«, leitete Habicht seine nächste Frage ein. »Gibt es irgendein Medikament, mit dem man innerhalb von Minuten eine deutliche Verbesserung bewirken kann?«

Als Antwort hörte Habicht nur Lachen aus dem Smartphone.

Habicht ließ nicht locker: »Und wenn ich Ihnen sagen würde, dass mir eine vermutlich nicht genehmigte Salbe zugespielt wurde, die das kann?«

Lapasses Lachen verstummte, sie schwieg, schien nachzudenken, ob er sie auf den Arm nehmen wollte. »Hat man das?«, fragte sie streng.

»Ja. Und viel mehr weiß ich im Moment auch noch nicht«, gab Habicht zurück.

»Pharmazie ist ja nicht wirklich mein Thema, aber das interessiert mich. Machen wir doch einen Deal«, schlug Lapasse vor. »Wenn Sie etwas Neues erfahren, informieren Sie mich. Wenn Sie etwas wissen müssen, was ich wissen oder herausfinden könnte, melden Sie sich.«

Habicht nickte, als stünde Lapasse ihm gegenüber. »Okay, das machen wir.«

Kapitel 20

Kyrill

Habicht blieb keine Minute, um das Gehörte sacken zu lassen. Vor dem Café Hoffmanns im Sonnenhaus erblickte er jetzt einen Mann mit gelbem Regenmantel. »Kyrill, ich bin hier!«, rief Habicht und eilte auf seinen Kollegen zu.

Im Café bemerkte Habicht die irritiert-skeptischen Blicke der Besucher, die zwar wussten, dass sie die beiden hier noch nie gesehen, aber das begründete Gefühl hatten, sie trotzdem irgendwoher zu kennen. Kyrills Sturmfrisur, die er nur trug, wenn die Kameras aus waren, und die derzeit völlig überflüssige Regenjacke, die er im Studio immer gegen ein Jackett tauschte, waren offenbar die beste Tarnung für den Wettermoderator und lenkten jede Aufmerksamkeit von Rolf Habicht ab.

Die beiden ließen sich mit ihren Getränken trotzdem etwas abseits in einer Ecke des Cafés auf zwei alten Wohnzimmersesseln nieder, die vor einem kleinen Schnörkeltisch mit gedrechselten Beinen standen. Hier kann ich die Unterlagen auch ohne Sorge vor neugierigen Blicken mit Kyrill durchgehen und meine Überlegungen besprechen, dachte Habicht. Er zog den Ordner mit den Wetterdaten aus seinem Rucksack, ließ ihn aber noch geschlossen.

»Wie läuft's in der Wetterredaktion?«, fragte Habicht und versuchte, beiläufig zu klingen. Auch wenn der Gesprächseinstieg nach Smalltalk klang – er verfolgte damit ein Ziel.

Kyrill winkte genervt ab. »Naja, im Moment ist da der Wurm drin.« Er nahm einen kleinen Schluck aus seiner Cola-Flasche und konkretisierte: »Wir machen alles wie immer, aber unsere Modelle erweisen sich im Moment im Westen von Nordrhein-Westfalen als besonders ungenau oder schlicht falsch. In diesem komplexen System über unseren Köpfen treten plötzlich irgendwelche Mechanismen in Kraft, die wir übersehen haben müssen und die alles durcheinanderwirbeln.«

»Du erinnerst dich daran, dass ich dir von der Wetterdaten-Sammlung erzählt habe?«, bugsierte Habicht das Gespräch weiter auf das Thema zu, um das es ihm eigentlich ging.

Kyrill setzte seine Cola-Flasche lautstark auf dem Tisch ab. »Die Wetterprognosen, die technisch unmöglich sind?«, fragte der Meteorologe genervt. »Glaubst du immer noch, dass du eine Sammlung von, nennen wir es mal so, ‚hypergenauen Wetterprognosen' zugespielt bekommen hast?« Kyrill nahm wieder seine Cola.

»Nein, das glaube ich nicht«, antwortete Habicht ernst. »Ich gehe inzwischen davon aus, dass das keine *Wetterprognosen* sind, sondern *Wetterplanungen.*«

Kyrill verschluckte sich an seiner Cola und hustete. Es dauerte einen Moment, bis er wieder sprechen konnte: »Sag mal im Ernst: Was trinkst du da?«, fragte er schließlich.

»Latte Macchiato«, antwortete Habicht schulterzuckend.

»Sicher? Also versteh mich nicht falsch, Rolf. Auch wenn du es nicht verdienst, mag ich dich, und ich mache mir Sorgen«, redete Kyrill vor sich hin.

»Ich trinke nicht mehr!«, erklärte Habicht.

»Das glaube ich dir, und ich freue mich! Ehrlich!«, gab Kyrill zurück, wobei er Habichts Blick auswich.

»Hier ist der Ordner«, wechselte Habicht das Thema und schob ihn dem Meteorologen über den Tisch.

Mit gerunzelter Stirn und spitzen Fingern, als wäre der Ordner schmutzig, nahm Kyrill ihn an. »Ich schau mal rein«, beschloss er, wobei sein Tonfall verriet, dass er nicht davon ausging, darin irgendetwas Lesenswertes zu finden.

Habicht nippte an seinem Latte Macchiato, während Kyrill in den Unterlagen herumblätterte. Der Drang, den Kaffee mit etwas anzureichern, von dem er eben verkündet hatte, keinen Tropfen mehr zu trinken, kehrte plötzlich zurück. Das Summen seines Handys war da eine willkommene Ablenkung. Ob es Neues von Piet gab?

Er zog das Smartphone aus der Tasche, entsperrte das Display, las und spürte, wie ihm das Blut aus dem Gesicht wich. »*Ich habe Piet und Ihnen geholfen. Das freut mich. Nun erwarte ich eine Gegenleistung. Kommen Sie um 17 Uhr erneut in den Hans-Jonas-Park! Seien Sie pünktlich! Sie werden wichtige Instruktionen erhalten!*«

Dieser Mistkerl, schoss es Habicht durch den Kopf. Gleichzeitig hörte er in Gedanken Edwards Stimme, die ihn vor genau dieser Situation warnte.

»Alles okay?« Kyrill blickte mit besorgter Miene über den Ordner zu ihm herüber. »Du bist ganz bleich geworden. Brauchst du frische Luft?«

»Alles bestens. Ich muss nur noch eben eine Nachricht schreiben!«, gab Habicht zurück.

Jetzt beim Tippen merkte er erst, wie sehr er zitterte. Kann ich das so formulieren? Oder ist das selbst für meine Verhältnisse zu respektlos?, überlegte Habicht. Dann schickte er die Nachricht, ohne sie ein weiteres Mal zu lesen, ab. Sollte dieser lächerliche Boldar sich doch ärgern. Was glaubt der eigentlich, wer er ist?, grollte Habicht innerlich.

»Also, ich habe mir jetzt mal eine Übersicht verschafft«, riss ihn Kyrill aus seinen Gedanken.

»Ja? Und?«, fragte Habicht ungeduldig.

Kyrill rieb sich die Stirn, als habe er plötzlich Kopfschmerzen bekommen. »Was soll ich sagen? Ich habe keine Erklärung dafür. Also zumindest keine vernünftige.«

»Und was ist die unvernünftige?«, hakte Habicht nach.

»*Deine Erklärung* ist die unvernünftige«, gab Kyrill zurück, »wobei... so ganz stimmt das eigentlich auch wieder nicht.«

Kapitel 21
Theorie

»Deine Theorie, dass das keine Wetterprognose, sondern eine Wetterplanung ist, kann ich als Wissenschaftler erstmal nicht bestätigen. Aber es ist ja in der Tat nicht so, als wäre es dem Menschen unmöglich, das Wetter zu beeinflussen. Theoretisch kann man einen Wolkenbruch recht einfach erzeugen. Dafür muss man bloß eine Wolke mit Trockeneis oder Silberjodid beschießen. Die enthaltenen Salze sorgen dafür, dass es heftig regnet und zwar genau da, wo man es will. Die Chemikalien kann man mit einem Flugzeug, einer Rakete oder einem Ballon hinauftransportieren.«

Habicht klatschte in die Hände. »Das ist doch die Erklärung!«

»Eine Erklärung, die aber wissenschaftlich umstritten ist«, relativierte Kyrill. »Wir haben ja keinen Vergleich, wie viel Regen ohne eine solche ‚Wolkenimpfung' runtergekommen wäre. Wie viel so eine Aktion also wirklich bringt, ist daher nicht sicher. Es gibt etliche Faktoren, die dazu führen, dass es regnet: die Beschaffenheit einer Wolke, atmosphärische Veränderungen und die Richtung des Windes. Allein die Dimensionen einer Wolke machen einem klar, dass sie sich nicht so leicht steuern lässt. Was glaubst du, wie viel Wasser in einer durchschnittlichen Wolke enthalten ist?«, fragte Kyrill.

»Was weiß ich denn? Zehntausend Liter? Hunderttausend Liter?«, riet Habicht, ohne dabei einen Anhaltspunkt zu haben.

Kyrill schüttelte langsam den Kopf. »Zugegeben: Die Frage nach der Wassermenge einer ‚Durchschnitts-Wolke' war nicht ganz fair, weil es die nicht wirklich gibt«, setzte er an. »Doch stellen wir uns einmal eine Gewitter-Beispiel-Wolke vor. Sagen wir, sie hat ein Volumen von 6 Kubikkilometern. Klar, es gibt keine würfelförmigen Wolken, aber eine Höhe von sechs Kilometern und eine Breite und Länge von jeweils einem Kilometer ist durchaus realistisch, genauso wie das errechnete Volumen. Der Wassergehalt in einer Gewitterwolke liegt bei 3 Gramm pro Kubikmeter.« Kyrill blickte Habicht erwartungsvoll an, bevor er fortfuhr: »Und das summiert sich bei unserer Beispiel-Wolke dann auf 18 Millionen Liter. Das würde reichen, um etwa sieben Olympiabecken zu füllen.«

»Aber einige absolut seriöse Kollegen haben doch schon Reportagen über Wettermodifikationen gemacht. In China gab es sie, in Indien und Russland«, begann Habicht wieder nach einigen Momenten des nachdenklichen Schweigens.

»Ja, die gab's ja auch. Beispielsweise anlässlich der

Eröffnung der Olympischen Sommerspiele 2008 in Peking. Die Vorhersage für diesen Tag lautete: schwere Unwetter. Dazu kam es aber nicht, da man die Wolken einfach zwang, vorher abzuregnen. So hat man künstlich echtes Sonnenwetter erzeugt.«

Habicht zeigte auf den Ordner, der zwischen ihnen auf dem Tisch lag. »Wenn China, Indien und Russland das hinbekommen, warum sollte das dann nicht auch in Deutschland möglich sein?«

Kyrills Antwort überraschte ihn: »Das habe ich nicht gemeint. Und das würde ich auch nie sagen, denn es ist kein Geheimnis, dass dies längst getan wird. Und dahinter stecken auch keine obskuren Gesellschaften, sondern das Bundesumweltministerium, das da auch offen mit umgeht. Fahr mal nach Süddeutschland in die Weinanbaugebiete. Da wird, wenn auch nur sehr vereinzelt, Wettermodifikation als Unwettervermeidung betrieben. So sollen Hagel und schwere Regenfälle verhindert werden. Wobei diese Weinanbaugebiete nur Beispiele sind. Das wird auch hochoffiziell in anderen Gebieten, in denen sich öfter Unwetter zusammenbrauen, betrieben. Im Landkreis Rosenheim wurde schon 1958 eine Hagelabwehr aufgebaut. Von über 100 Abschussstellen feuerten sie Raketen mit Silberjodid in die Wolken. Statt Raketen steigen dort seit 1975 zwei Anti-Hagel-Flugzeuge in die Luft. Sie erledigen aber den gleichen Job.«

»Das klingt ja so wie die High Tec-Version der freiwilligen Feuerwehr«, kommentierte Habicht.

Kyrill nickte. »Da liegst du nah an der Wirklichkeit. In Österreich, der Schweiz und auch in Süddeutschland findest du als Verein organisierte Hagelwehren.«

Habicht rieb sich die Augen, als hätte er sich einen zweistündigen Vortrag angehört. »Kyrill, du weißt doch, wir Journalisten verstehen immer nur die Hälfte und die auch noch falsch. Kurz und simpel: Wie funktioniert das mit dem Silberjodid?«

»Du mischst Silberjodid mit Aceton. Flugzeuge oder Raketen versprühen das Zeug in der Wolke. Es sollen sich so in der Atmosphäre kleinste Kondensationskerne bilden, um gezielt Hagel oder Regen hervorzurufen.«

»Okay, verstehe ich jetzt. Was ich mich jetzt frage: Wieso wird so eine Technologie eingesetzt, um Weinberge zu schützen und nicht um größeres Wetterunheil zu vermeiden?«, fragte Habicht.

Kyrill nippte an seinem Getränk. »Siehst du, da kommen wir wieder zu dem Punkt, weshalb ich deiner Wetter-Planungs-Theorie so skeptisch gegenüberstehe. Man hat in den 1940er und 1950er Jahren versucht, in den USA Hurrikans vorzeitig abzuschwächen. Von Verhindern rede ich gar nicht. Man nutzte ebenfalls Silberjodid. Der Erfolg war aber nur begrenzt. Übrigens: 1986, nach der Reaktorkatastrophe in Tschernobyl, soll angeblich auch auf Wettermodifikation zurückgegriffen worden sein, um zu verhindern, dass eine radioaktive Wolke über russische Großstädte zog.«

Habicht schnippte mit den Fingern. »Das bringt mich zu meiner nächsten Frage: Radioaktivität kann man ja messen. Kann man Silberjodid auch so leicht nachweisen? Und ist es für Menschen ungefährlich, mal eben über deren Köpfen eine Wolke mit Chemikalien zu versetzen?«

»Ja, man hat schon im Schnee das zuvor eingesetzte Silberjodid nachgewiesen. Und: Nein, das waren wirklich geringe Mengen, die für Menschen unbedenklich sind.«

»Okay, letzte Frage: Wenn das da wirklich eine Wetterplanung ist, dann hieße es, dass jemand auch Unwetter geplant hätte. Kann man auch Gewitter erzeugen?«

Kyrill setzte erneut an, einen Schluck zu trinken, stellte aber vorher die Flasche genervt wieder ab. »In der Überlegung, dass jemand Unwetter generiert, stecken gleich zwei Aspekte, die deine Theorie schwächen. Zum Einen: Wer sollte das tun? Und warum? Zum Anderen: Nein, es ist nicht möglich, Gewitter künstlich zu erzeugen. Naja, zumindest nicht so ganz. Bei Experimenten haben es

Kollegen geschafft, in einer Gewitterwolke elektrische Aktivitäten und Entladungen zu manipulieren. Sie nutzten einen Laserstrahl, um in der Wolke sogenannte Plasmakanäle zu erzeugen. Luftmoleküle sind dort in positive und negative Teilchen aufgespalten. An diesen Kanälen entlang kommt es innerhalb der Wolke zu Entladungen. Aber: offenbar nur über wenige Meter. Also von dem technischen Heraufbeschwören eines Gewitters würde ich da noch nicht sprechen. Zugegeben: Theoretisch sollten künstliche Blitzentladungen mit einem stärkeren Laser möglich sein.«

Habicht nickte nachdenklich. Sein Smartphone vibrierte. Hoffentlich nicht Boldar, weil er wegen meiner undiplomatischen Antwort verärgert ist, überlegte Habicht.

»Beste Kollegin«, stand da, doch statt Emmas Stimme meldete sich Piet außergewöhnlich laut: »Hallo, Papa!« Dieser Moment hätte für Habicht monumental sein können, wenn Kyrill bei den Worten nicht die Kontrolle über seine Mimik verloren hätte. Eigentlich schade, dass ich das Smartphone am Ohr habe und kein Foto von ihm machen kann, dachte Habicht. Piet redete weiter: »Die Ärzte haben gesagt, dass ein Wunder passiert ist und alles wieder mit mir okay ist. Und dass ich raus kann. Aber wenn es mir nicht gut geht, dann soll ich Bescheid sagen, und dann gucken die nochmal nach, was los ist. Und die haben mir etwas geschenkt. Die haben gesagt, wenn man eine Allergie hat, dann ist da alles drin, damit man das, was der Arzt sonst machen muss, selber machen kann.«

»Das ist ja super!«, rief Habicht.

»Und weißt du, was ich jetzt unbedingt machen will?«, fuhr Piet fort, »ich möchte bitte unbedingt illegal zelten!«

War das eine gute Idee?, überlegte Habicht. Selbst wenn Mönchengladbach normalerweise keineswegs bedrohlicher als jede andere deutsche Großstadt sein mochte – im Moment ging hier irgendetwas vor, was man überhaupt nicht als normal bezeichnen konnte. Und Habicht wusste nicht, ob die Gefahr in den Maisfeldern am Stadtrand in Hardt lag oder sich weit über ihren Köpfen abspielte.

Piets erwartungsvolles Schweigen drängte ihn zu einer Antwort. »Okay, dann machen wir das«, beschloss Habicht. Doch seine Sorge blieb und wuchs in den nächsten Stunden nur noch weiter.

Kapitel 22

Abends, in der Nähe des Hardter Waldes

Es liegt etwas Unheilvolles in der Luft, spürte Rolf Habicht. Seine gleichermaßen düsteren wie unkonkreten Vorahnungen wollten so gar nicht in die friedliche Abendszenerie passen. Er ließ den Blick über das Maisfeld bis zum angrenzenden Hardter Wald wandern. Die tiefstehende Sonne tauchte die Landschaft in ein weiches Abendlicht.

Ihr Igluzelt stand dieses Mal an einer anderen Stelle als wenige Tage zuvor, in jener Blutmondnacht, die im Chaos des Tornados geendet war. Piet freute sich, denn Habicht hatte ihm versichert, dass dieser Ort »noch viel illegaler« war als ihr erster Zeltplatz. Doch sein wirklicher Grund für die Wahl dieses Platzes bestand darin, dass er weiter weg von dem Feldabschnitt lag, den Edward mit seinen Kornmuhmen markiert und als »verdorben« bezeichnet hatte. Habicht hörte in Gedanken Edwards Stimme: »*Das ist kein Mais!*« Was sollte das heißen?, grübelte er erneut.

»Kann ich davon etwas trinken?«, fragte Piet und zeigte auf die beiden Außenfächer von Habichts Rucksack, aus denen jeweils ein Tetrapak mit Apfelsaft ragte.

»Ja, klar. Ich mach es dir auf«, antwortete Habicht

und spürte die Freude darüber, dass wirklich nur Apfelsaft im Gepäck steckte.

»Wenn ich gleich schlafen gehe, passt du dann auf, dass nichts passiert?«, fragte Piet und nahm einen Schluck Apfelsaft aus seinem Becher.

»Natürlich. Aber, wenn man von Tornados einmal absieht, passiert in Mönchengladbach nicht viel. Und wir sind hier im Stadtteil Hardt. Da passiert noch weniger. Weißt du, wie die Straße heißt, über die wir hier hergekommen sind?«

Piet schüttelte den Kopf.

»Haierbäumchen«, erklärte Habicht.

Piet zog die Nase kraus, was er immer tat, wenn er etwas nicht glauben konnte. »Heißt die wirklich so?«

Habicht nickte. »Also, wenn irgendwo auf der Welt nichts passiert, dann wohl hier.«

»Dann gibt es hier also auch keine bösen Menschen?«, fragte Piet und gähnte.

»In ganz Mönchengladbach gibt es keine bösen Menschen«, behauptete Habicht. Er musste an Gunnar Boldar denken und an das, was Edward über ihn gesagt hatte. Selbst wenn Boldar nicht böse sein sollte, so ist er höchstwahrscheinlich böse auf mich, überlegte Habicht. Einen Augenblick lang bereute er es, nur Apfelsaft eingepackt zu haben.

Piet zerrte eine dicke Decke aus dem Zelt. »Damit du nicht frierst!«, sagte er.

Die Dunkelheit lag über Feld und Wald. Trotz der größeren Entfernung zu der Kornmuhme sah Habicht deren rot leuchtenden Augen über dem Mais. Eine Gänsehaut breitete sich auf seinem Rücken aus. Er zog die Decke enger um den Körper, obwohl er wusste, dass dieses Gefühl nichts mit der kühlen Abendluft zu tun hatte.

Er drehte sich zum Zelt um: Dort schlummerte Piet friedlich in seinem Schlafsack auf einer Isomatte. War das eine dumme Idee gewesen, mit Piet – mit seinem Sohn – »illegal zu zelten«? Vermutlich ja. Aber nach all dem, was passiert war, hatte er Piet nicht enttäuschen wollen, zumal in den kommenden Tagen kühle Abendtemperaturen die milden ablösen sollten. So stand es zumindest in dem Ordner.

Gähnend blickte Habicht auf seine Armbanduhr: Erst 23.20 Uhr, stellte er überrascht fest. Meine biologische Uhr steht eher auf 3 Uhr nachts, dachte er und kuschelte sich weiter in die Decke. Irgendwann nickte er ein.

Eine kalte Berührung im Gesicht ließ ihn aufschrecken. Einen Augenblick lang wusste er nicht, wo er war und was los war. Direkt vor ihm stand Piet. Es war seine kalte Hand, die Habicht geweckt hatte.

»Oh mein Gott, was ist los?«, entfuhr es Habicht, als er das von Panik verzerrte Gesicht des Kindes bemerkte.

Piet antwortete nicht, sondern schlang ihm die Arme um die Schultern und klammerte sich an ihm fest, dass Habicht kurz die Luft wegblieb. Der Kleine ist ja völlig außer sich, bemerkte er, auf den die Panik mehr und mehr überging. »Was ist denn los, Piet?«, flüsterte er.

Piet zeigte mit zitterndem Finger in Richtung des Maisfeldes, er presste die Lippen zusammen, so wie er es immer tat, wenn er kurz davor stand zu weinen.

Habicht kniff die Augen zusammen. Er sah dichte Maispflanzen, aber nichts Ungewöhnliches, auch keine Bewegungen, die darauf hindeuteten, dass sich dort jemand verbarg.

»Da...«, begann Piet mit vor Angst bebender Stimme, »da ist eben ein riesiges Monster durchgelaufen!«

»Du hast bloß schlecht geträumt«, versuchte Habicht ihn zu beruhigen.

»Ich bin aber schon eine Weile wach und wollte dich nicht wecken. Aber das Monster hat sich immer wieder bewegt!«, wimmerte Piet.

Habicht zog ihn näher an sich heran und spürte eine heiße Träne von Piet an der Wange. »Okay, ich packe alles schnell ein, und dann laufen wir zum Auto und alles ist gut. Sollen wir das so machen?«

Ohne eine Antwort abzuwarten, schob er Piet behutsam zur Seite, sprang auf und stopfte Decken und den Schlafsack eilig in eine große Stofftasche. »Ich beeile mich, und dann bin ich so schnell fertig, dass wir längst weg sind, falls das Monster wiederkommt!«, versicherte Habicht dem Jungen.

»Nein«, schluchzte der, »du bist nicht schnell genug!«

»Doch, ganz bestimmt!«, behauptete Habicht und riss eine Zeltstange aus ihrer Halterung.

»Nein!« Piet klang nun noch verzweifelter. »Da ist das Monster doch schon!«

Kapitel 23

Monster

Rolf Habicht fuhr herum. »*Wo?*«, fragte er Piet. Der zeigte erneut in Richtung des Maisfeldes. Aber was meinte er? Dann hörte er ein Rascheln, Knacken, Malmen. Etwas kam näher. Angestrengt blickte Habicht in die Richtung, aus der er die Geräusche vermutete. Dann schwankte auf einer Breite von über zehn Metern der Mais, bevor die Pflanzen verschwanden. Was immer es war, es kam näher und würde in wenigen Sekunden den Rand des Maisfeldes und damit auch sie beide erreichen.

Habicht fluchte, packte Piet, hob ihn auf den Arm und musste mit ansehen, wie weitere Maisreihen verschwanden und hinter den noch verschonten Pflanzen zwei gelbe Lichter aufleuchteten, bevor auch diese Pflanzen vor ihnen knackend umfielen. Das Ganze hatte nur wenige Momente gedauert.

Habicht stand wie versteinert da. Piet drehte sich jetzt so auf dem Arm um, dass er in Richtung des Feldes sehen konnte. Habicht spürte, wie sich der kleine Körper auf seinem Arm anspannte. Piet schrie schrill und voller Entsetzen auf. »*Was ist das?*«, brachte er noch hervor.

»Ein riesiger Mähdrescher! Und er kommt auf uns zu!«

Habicht machte einen Satz nach hinten, der Mähdrescher hielt weiter auf sie zu.

»Sieht der uns denn nicht?«, schrie Piet.

Doch, dachte Habicht und genau darin besteht das Problem! Der Mähdrescher fuhr mit überraschend leisem Motorengeräusch. Sein Schneidwerk erwischte ihr Zelt, riss es von den Heringen los, zerfetzte es und beförderte es ins Innere seiner Dreschtrommel. Nun bestand für Habicht kein Zweifel mehr daran, dass dieser Mähdrescher sie beide töten sollte. Das technologische Monster fuhr einen Bogen und brachte sich so wieder in Stellung.

Habicht saß mit Piet auf dem Arm in der Falle: Vor ihnen der Mähdrescher, hinter ihnen das dunkle Maisfeld.

»*Piet! Halt dich fest!*«, befahl Habicht, schlang selbst die Arme fester um das Kind und rannte los, direkt in das Maisfeld. Die Blätter klatschten ihnen in die Gesichter. Habicht hörte nur das Rascheln und Knacken des Maises, den er durchbrach. Er traute sich nicht, einen Blick über die Schulter zu werfen, zwang sich aber schließlich doch dazu. Der silberne Mond und die Sterne am nachtschwarzen Himmel spendeten nur spärliches Licht. Keine Bewegungen im Mais. Gespenstische Stille.

»Ist das Monster weg?«, flüsterte Piet.

Habicht lauschte. Rascheln, Knacken, Malmen – da war es wieder. Und es kam schnell näher. Nur einen Atemzug später leuchteten die Scheinwerfer des Ungetüms wie große gelbe Augen zwischen den Maispflanzen auf. Offenbar hatte derjenige, der den Mähdrescher lenkte, das Licht zwischenzeitlich ausgeschaltet. Es war, als hätte sich das Monster an sie herangepirscht. Ohne Vorwarnung beschleunigte der Mähdrescher.

Habicht drückte Piet an sich und stolperte los. Fort, einfach nur fort, immer tiefer in das Maisfeld hinein. Aber damit auch weiter weg von der Straße, seinem Auto und der nächsten, ohnehin mehrere Hundert Meter entfernten Häusersiedlung. Habicht mobilisierte alle Kraftreserven, beschleunigte und rannte, bis er glaubte, seine Lunge müsste bald platzen. Er schnaufte, schnappte nach Luft und suchte erneut nach dem Mähdrescher-Monster.

Sein Sprint blieb nicht ohne Erfolg. Das Knacken und Malmen drang leiser als zuvor und somit offenbar von weiter her zu ihnen herüber. Habicht konnte jedoch weder die Entfernung noch die Richtung genau bestimmen, in der der Mähdrescher seine Bahnen zog. Wohin flüchten? Er drehte hektisch den Kopf umher: Mais, noch mehr Mais, der hier fast eine Armlänge höher war als Habicht. Und: die rot leuchtenden Augen der

Kornmuhme und deren schemenhafte Silhouette im kalten Licht des Mondes – nicht mehr weit von ihnen entfernt. Habicht fluchte. Erst jetzt kam ihm der Gedanke, dass der Mähdrescher sie höchst wahrscheinlich bewusst in Richtung der Kornmuhme und des Feldes, das »verdorben« war, hetzte.

»Da!«, flüsterte Piet. Habicht blickte in die Richtung, in die das Kind zeigte: Er sah nur den Mais. Doch das Rascheln, Knacken und Malmen tönte nun wieder lauter zu ihnen herüber und kam schnell näher.

»Ich will nicht zur Kornmuhme! Die ist böse!«, jammerte Piet.

»Ich hab' auch etwas anderes vor!«, japste Habicht.

Könnte er es noch lange durchhalten zu laufen? Er musste. Sonst starben sie beide auf brutale Weise in dieser Nacht in diesem Maisfeld.

Habicht blickte in Piets tränennasses Gesicht und rannte los. Schräg weg, nicht länger geradeaus. Er folgte nun nicht mehr den geraden Reihen, in denen die Maispflanzen ausgesät worden waren. Jetzt kreuzte er diese, was ihm das Gefühl gab, als müsse er sich durch doppelt so viele Pflanzen kämpfen. An einer Stelle, an der ihm die Maishalme nur bis zu den Schultern reichten, blieb er stehen und blickte sich um. Konnte er irgendetwas sehen, was ihm Orientierung gab? Lichter – von einer Straßenbeleuchtung oder von Häusern? Wo lag die nächste Straße? Wo standen die nächsten Häuser? Wo war das Monster?

Er setzte Piet behutsam ab, schnappte nach Luft und streckte den Rücken durch. Alles in ihm schmerzte. Was war, wenn der Typ, der den Mähdrescher steuerte, ein Nachtsichtgerät trug oder einen Sensor einsetzte, der Wärmestrahlen sichtbar machte?, überlegte er. Dann wäre es nur noch eine Frage der Zeit, bis er wieder zur nächsten Jagd ansetzte.

Diesmal kam das Rascheln, Knacken und Malmen wie aus dem Nichts. Auf einmal tauchte der monstrröse Mähdrescher nur wenige Meter neben ihnen im Mais auf und fraß sich den Weg zu ihnen frei. Perplex taumelte Habicht zur Seite, knickte sich den Fuß um, schrie vor Schmerz auf, verlor den Halt und fiel hin.

»*Lauf, Piet!*«, brüllte er.

Die Scheinwerfer des Mähdreschers tauchten den Jungen und den Mais um ihn herum in helles Licht. Habicht musste an ein Reh im Licht eines Autoscheinwerfers denken, Sekunden bevor es überrollt würde. Er versuchte sich aufzurappeln. Ein weiterer Schmerz ließ sein Bein wegknicken.

»*Lauf, ich komme nach!*«, brüllte Habicht gegen das Rascheln, Knacken und Malmen an.

Piet löste sich aus seiner Schockstarre und rannte los.

Habicht warf einen Blick über die Schulter: Nur noch weniger als drei Meter trennten ihn und das Monster. Er rollte sich über feuchte Erde zur Seite und drückte sich an widerspenstigen Maispflanzen vorbei. Das Rascheln beim Abschneiden des Mais', das Malmen, wenn er in den technischen Innereien des Ungetüms zerkleinert wurde, und jetzt auch das gleichbleibende Motorensummen erfüllten die Luft. Habicht spürte, wie der Boden vibrierte. Er kniff die Augen zusammen, drückte sein Gesicht in die Erde und rechnete damit, jeden Moment in das Schneidwerk zu geraten. Aus nächster Nähe schluckte der Lärm fast jedes andere Geräusch. Doch Habicht war sich sicher, dass er Piet schreien hörte.

Das Summen, Rascheln und Malmen entfernte sich langsam. Habicht hob den Kopf: Er sah die Rückseite des Mähdreschers, der eine Schneise im Feld hinterließ. Nur eine Maisreihe lag zwischen Habicht und ihr.

Was war mit Piet passiert? Habicht rappelte sich hoch. Sein Fußgelenk schmerzte beim Auftreten, doch er hinkte so schnell wie möglich los in die Richtung, in die Piet gelaufen war. Offenbar hatte sich der Mähdrescher inzwischen so weit entfernt, dass Habicht ihn nicht mehr hören konnte. Totenstille lag nun über dem Maisfeld.

»*Piet?*«, rief Habicht mit gedämpfter Stimme. »*Piet!*« Seine Stimme zitterte.

Er humpelte weiter, blickte umher, rief immer wieder nach seinem Sohn. Die Panik raubte Habicht jedes Gefühl von Zeit. Er wusste nicht, ob nur Sekunden, Minuten oder bereits Stunden vergangen waren, als er zusammenbrach. Seine Beine gaben nach, er stürzte, setzte sich wieder auf, wippte mit dem Oberkörper hin und her und wünschte sich, dass *er* in dieser Nacht gestorben wäre.

Kapitel 24
Nacht

Das darf alles nicht wahr sein, redete sich Habicht immer wieder ein. Den Schmerz in seinem Knöchel spürte er nicht mehr, ebenso wenig die Kälte, die seine Lippen längst hatte blau werden lassen.

Von irgendwo wehte der Wind ein Rascheln zu ihm herüber, das ihn an die Hetzjagd im Maislabyrinth erinnerte. Sollen die Mistkerle doch kommen und mich umbringen, dachte Habicht. Aber sollte Boldar gleich vor mir stehen, dann werde ich *ihn* umbringen, nahm er sich vor. Mit der Gelassenheit eines Menschen, der nichts mehr zu verlieren hat, hob er den Kopf und suchte nach dem Verursacher des Raschelns.

Sein Blick glitt über die Schneise, die der Mähdrescher hinterlassen hatte. Umgeben von hohen Maispflanzen im kalten Mondlicht stand da ein Kind. Habicht blickte unbeeindruckt dort hin, verstand im ersten Moment nicht, was er sah. Dann stieg die Gewissheit in ihm auf, dass seine überstrapazierte Psyche ihm einen gut gemeinten Streich spielte. Piet war tot. Gefressen von dem Monster, an das er, Rolf Habicht, zuerst nicht hatte glauben können. In Gedanken hörte er Edwards Stimme, die über Boldar sagte: »*Er ist ein Monster!*« Dann Piets Stimme: »Kommt das Monster nochmal zurück?« Jemand berührte sein Gesicht: »Ich hatte schon gedacht, dass du tot bist, Papa!«

Habicht wollte Piet nie wieder loslassen, doch die Angst zwang ihn dazu. Ein »Ich bin mir sicher, dass das Monster nicht zurückkommt« wäre gelogen gewesen.

»Ich hebe dich auf die Schultern, dann kannst du weiter gucken als ich. Du musst Ausschau halten, ob du irgendwo das Monster siehst, und ob du eine Straße entdeckst oder, noch besser, Häuser«, erklärte Habicht und hob Piet auf die Schultern. »Kannst du über den Mais schauen? Siehst du etwas?«

»Ja, ich kann ganz weit gucken«, kam es von oben. »Da ist das Monster nicht! Und da auch nicht! Und da nicht! Du musst dich mal ein bisschen drehen! Danke! Da auch nicht. Aber ich glaube, da ist eine Straße! Zumindest sind da Straßenlaternen.«

»Gut, dann gehen wir jetzt da hin. Du passt weiter auf, ob du irgendwo das Monster siehst«, beschloss Habicht und ging los.

Nach einigen Minuten Fußmarsch durch das dunkle Maisfeld erreichten sie eine Straße. Kein Auto, kein Mensch, aber vor allem kein Mähdrescher weit und breit.

»Was machen wir jetzt?«, kam Piets Stimme von oben.

Habicht hob ihn behutsam von den Schultern und setzte ihn auf dem Grünstreifen neben der Fahrbahn ab.

»Wir schauen, ob mein Smartphone nicht kaputt ist, und wenn das noch funktioniert, dann rufen wir die Polizei, damit sie uns hier wegbringt.«

»Fahren wir dann mit einem echten Polizeiauto?«, fragte Piet.

Habicht zog sein Mobiltelefon aus der Hosentasche. Risse, die wie ein Spinnennetz aussahen, verliefen über das Display, aber er konnte es noch entsperren und die Telefonfunktion aufrufen.

»Bestimmt fahren wir dann mit einem echten Polizeiauto«, antwortete Habicht und wählte die 110.

Kapitel 25
Der Tag danach

Habicht atmete auf. »Ergebnis der Nachuntersuchung: alles okay«, las er die Nachricht von Emma auf dem gesprungenen Display seines Smartphones und: »Auch bei eurer Horrornacht ist ihm nichts passiert. Gibt es etwas Neues von der Polizei?«

Habicht hielt einen Moment inne. Er saß in der Öffnung der Seitentür eines Vans aus der Wagenflotte des Senders. Der Wagen parkte auf einem baumbeschatteten Parkplatz am Hardter Wald. Das Knirschen von Autoreifen, die über den Kies des Parkplatzes rollten, ließ ihn aufblicken. Wenige Augenblicke später schob sich ein PKW mit dem Senderlogo neben Habichts Kleinbus.

»Schön, dass es dir gut geht!«, begrüßte ihn Les Russo und knallte hinter sich die Wagentür zu. »Ich hoffe, die Polizei kommt bald zu Ergebnissen.«

»Ob die Polizei etwas herausfindet, weiß ich nicht. Auf jeden Fall habe *ich* etwas herausgefunden, und das gefällt mir gar nicht«, gab Habicht trocken zurück.

Russos Augenbrauen schossen in die Höhe. »Und was?«

»So einen Mähdrescher habe ich bis gestern Nacht noch nie gesehen. Deswegen habe ich recherchiert und siehe da: Nirgendwo finde ich dieses Modell.«

Habicht streckte Russo sein Smartphone entgegen, dessen gerissenes Display eine Auswahl von Mähdrescherfotos zeigte, die Habicht mit einer Google-Bildersuche gefunden hatte.

»Das ist natürlich nur ein Bruchteil dessen, was ich gesichtet habe«, sagte Habicht. »Mähdrescher haben sich in den letzten Jahrzehnten nicht grundlegend verändert. Das Schneidwerk variiert je nach Getreideart. Was mir bei dem Ding letzte Nacht aufgefallen ist: Der Motor war außergewöhnlich leise. Ob beziehungsweise welche Unterschiede es noch zu gängigen Modellen haben mag, kann ich natürlich nicht genau sagen. Aber die Dimensionen moderner Groß-Mähdrescher dürfte es auf jeden Fall erreichen. Diese Dinger bringen über zehn Tonnen auf die Waage. Ihre Arbeitsbreite misst ungefähr neun Meter. Die haben Motoren unter der Haube, die eine Leistung von über 400 PS erreichen. Das und vieles mehr habe ich gefunden. Aber nirgendwo dieses Modell oder auch nur ein ähnliches.«

»Und was folgerst du daraus?«

»Dieser Typ, den ein Informant als ‚Monster' bezeichnet hat – Gunnar Boldar –, sagte mir, dass er für ein Smart-Farming-Unternehmen arbeitet. Möglicherweise haben die einen Prototypen entwickelt.«

Russo nickte nachdenklich, er schien vorsichtig zu überlegen, wie er das sagen sollte, was er nun sagen musste. »Nimm's mir bitte nicht übel«, begann er mühsam, »aber könntest du dir vorstellen, dass das Ganze vielleicht doch nur eine Art Unfall gewesen sein könnte? Ich meine: Es konnte ja keiner wissen, dass du mit einem kleinen Kind in der Ecke ‚illegal zeltest'.«

Habicht stand auf und zog die Schiebetür des Vans lautstark zu. »Komm einfach mal mit«, forderte er Russo auf.

Er führte ihn an den von Büschen und Bäumen umgrünten Rand des Parkplatzes.

»Wo willst du denn hin?«, fragte Russo.

Doch Habicht bog bereits Zweige zur Seite und kämpfte sich durch das Gestrüpp. Nach wenigen Schritten blieb er stehen und winkte Russo zu, er solle kommen. Russo schüttelte den Kopf, als könnte er es nicht glauben, dass er Habicht einfach so in das Gebüsch folgen sollte. Der schob bereits weitere Zweige zur Seite, als würde er einen Vorhang öffnen.

»Irgendwo dahinten ist es passiert«, erklärte Habicht. Vor ihnen begann das Feld, auf dem nur noch Stoppeln an den Mais erinnerten. Erst nach mehreren hundert Metern freier Sicht traf ihr Blick auf ein anderes Maisfeld, dessen Pflanzen sich dem blauen Himmel entgegenstreckten.

»Der Typ hat uns mit seiner Monster-Maschine kreuz und quer gejagt. Er rasierte also mehrere Schneisen in das Feld, die ein Bauer bei der Arbeit nie so hinterlassen würde und was spätestens heute schnell aufgefallen wäre«, führte Habicht seine Überlegungen aus.

»Und du meinst, dass er das ganze Feld noch gemäht hat, damit das zum Einen nicht auffiel und zum Anderen du keinen Beweis für diese irre Verfolgungsjagd hast«, vervollständigte Russo Habichts Vermutung.

Der nickte.

Russo atmete tief ein und aus, dachte nach und ließ den Blick über das abgemähte Feld wandern. »Ist das dahinten die erste oder die zweite der beiden Kornmuhmen?«, fragte er dann unvermittelt.

»Die erste, die etwas kleinere«, knurrte Habicht.

»Lass uns doch ein bisschen spazieren gehen und dabei weitersprechen«, schlug Russo vor. »Ich habe das Gefühl, dass du mir noch mehr sagen willst, und ich glaube, heute wird noch viel passieren!«

Sie schlenderten über das weite, abgeerntete Feld.

»Diese Kornmuhmen sind ja wirklich grotesk. Das kommt im Fernsehen gar nicht so rüber, denke ich jedes Mal, wenn ich hier bin«, plauderte Russo vor sich hin.

»Sie sind grotesk, aber ich bin mir sicher, dass sie nur die Spitze des Eisberges sind, gegen den ich inzwischen zweimal gekracht bin«, griff Habicht das Gesagte auf, um so zu dem überzuleiten, weshalb er sich überhaupt mit Russo hier hatte treffen wollen.

»Lass mich mal zusammenfassen«, übernahm Russo sofort wieder. »Wir haben zwei Kornmuhmen, die ein verwahrloster Typ gebaut haben will, mit der Hoffnung, dass sie Aufmerksamkeit erregen und man nach den Hintergründen forscht und dabei auf ihn stößt. Das hat ja sogar geklappt. Er hat dich mit einem Ordner Wetterdaten geködert, über dessen Inhalt du und Kyrill sehr unterschiedliche Auffassungen vertreten. Dieser Typ, den du Edward nennst, warnt dich vor einen Gunnar Boldar, der dir auch nicht ganz geheuer ist, und der nach eigenen Angaben eine wichtige Rolle in einem Smart-Farming-Unternehmen spielt. Der Bauer Hubert Eschwede gibt an, dass er etliche Hektar Land an ein merkwürdiges Smart-Farming-Unternehmen verpachtet hat. Und letzte Nacht gab es einen Zwischenfall auf einem dieser verpachteten Felder, der aber nur *möglicherweise* mit all dem zu tun hat.«

Russo legte Habicht eine Hand auf die Schulter. »Rolf, du bist Profi. Du siehst doch selbst, dass das noch keine wasserdichte Story ist.«

Habicht schüttelte den Kopf. »Okay, nehmen wir einmal an, dass das letzte Nacht tatsächlich nur ein Unfall gewesen ist. *Im Maislabyrinth* sind Edward und ich *definitiv* gejagt worden. Ich weiß übrigens nicht einmal, ob er es auch geschafft hat zu entkommen«, hielt Habicht dagegen.

Russo nickte nachdenklich. »Wenn er kein Spinner ist, dann ist er vermutlich ein Whistleblower. In dem Fall wollten ihm wahrscheinlich ein paar Typen an den Pelz. Es kann ja gut sein, dass Boldar und seine Leute illegale Sachen machen. Die Frage bleibt aber: *Was?*«

»Ja, und was das alles mit dem Mais zu tun hat. Es gab bereits mehrere Menschen, die ins Maisfeld gingen und mit Verbrennungen wieder rauskamen. Piet ist kollabiert.« Habicht blieb stehen und zeigte zu den grauen Wolken über ihnen. »Egal, was Kyrill über die Daten im Ordner denkt: Er und seine Kollegen in der Wetterredaktion könnten neidisch sein, denn das, was darin stand, ist eingetreten – anders als deren Voraussagen. Und was du offenbar vergessen hast: Emma, Piet und ich haben den Tornado in einem unterirdischen Mini-Bunker überlebt. Edward behauptete, dass der als Depot diente und in der derzeitigen Projektphase fast leer sein sollte. Letzteres kann ich bestätigen. Doch das Wichtigste: Da drin haben wir einen zweiten Ordner gefunden. Die Wetterdaten waren identisch mit denen aus dem ersten – abgesehen davon, dass der Tornado als handschriftliche Korrektur eingefügt wurde!«

»Also wäre deine Story ‚Smart-Farming-Unternehmen plus Wettermodifikation'«, versuchte Russo das Gehörte auf den Punkt zu bringen.

Habicht schüttelte den Kopf: »Smart-Farming-Unternehmen plus Wettermodifikation plus X«, korrigierte er und fuhr fort: »‚Das ist kein Mais', behauptete Edward. Ich war jedoch selbst da draußen und habe überall nur Mais gesehen. Aber dass da etwas gewaltig nicht stimmt, ist doch offensichtlich.«

Russo wich Habichts Blick aus, schaute umher. »Hey, ist das da vorne ein Weg?«, lenkte er ab. »Im übertragenen Sinne willst du thematisch neues Terrain erkunden. Dann können wir das hier in der Wirklichkeit doch auch tun«, schlug er vor und ließ Habicht stehen.

Der starrte auf das, was Russo gerade als »Weg« bezeichnet hatte und das immerhin in ein angrenzendes Maisfeld führte: eine Schneise, deren Breite Habicht auf etwa zehn Meter schätzte – etwa die Breite, die ein Groß-Mähdrescher in einer Bahn abdecken konnte. Habicht fluchte, dann lief er Russo hinterher.

Kapitel 26

Schwarm

Die Schneise wand sich in einer riesigen Schlangenlinie durch das Maisfeld. Rolf Habicht und Les Russo verloren so jede Chance, mehr als ein paar Meter vorauszuschauen zu können oder nur zu erahnen, wohin sie der Weg führte. In jedem Fall war der Mais hier abgemäht worden, die Stoppeln glichen denen auf dem Feld, das sie eben verlassen hatten.

»Kann ich an der Sache dranbleiben oder nicht?«, fragte Habicht ungeduldig.

Sein Redaktionsleiter verzog gequält das Gesicht. »Das kann eine riesen Story werden. – Oder der absolute Reinfall mit üblen Folgen«, gab Russo zu bedenken. »Ich will wirklich, dass du wieder auf die Beine kommst, Rolf. Du weißt, dass ich ´ne Menge für dich riskiere, weil ich nie weiß, ob du dich mal wieder danebenbenimmst. Ich meine, wenn ich dich in der Sesamstraße unterbringen könnte, müsste ich mir Sorgen machen, dass nachher Erni und Bert eine einstweilige Verfügung gegen dich erwirken.«

»Und wenn *du* in der Sesamstraße unterkämst, würdest du Mathegenie dich mit Graf Zahl über die x-te Nachkommastelle von Pi streiten! Keiner ist perfekt, aber…«, Habicht blieb stehen und blickte Russo direkt in die Augen, »ich habe ein Gefühl für brisante Themen, kann solide recherchieren und daraus eine gute Doku machen. Also, lass mich das tun, was ich gut kann.«

»Ich weiß, dass du gut bist. Das wusste ich immer. Deswegen wollte ich auch, dass du den Preis annimmst, weil ich der Meinung war – nein, ich *bin* der Meinung –, dass du den sowieso verdient hattest.«

Diese Wendung im Gespräch traf Habicht völlig unvorbereitet. »Ist doch egal«, murmelte er.

»Schön wär's«, widersprach Russo. »Aber was seitdem aus dir geworden ist, trifft mich. Und wenn ich dich nicht unter Druck gesetzt hätte, wärst du eben ohne diese Auszeichnung sehr erfolgreich geblieben. Aber meine Nachricht auf deiner Mailbox, dass du frei entscheiden solltest, kam zu spät, und ich habe Sorge, dass nun *alles* zu spät ist. Ich sehe doch, wie es mit dir auch gesundheitlich bergab geht.«

»Ist diese Nachricht eigentlich der Grund dafür, dass du mir immer noch Aufträge zuschusterst?«, wollte Habicht wissen.

Jetzt war es Russo, der aus dem Konzept geriet. »Warum sollte das so sein?«, fragte er verwirrt.

»Aus dieser Nachricht ging hervor, dass du wusstest, dass ich wichtige Details unter den Teppich gekehrt hatte und du trotzdem ausdrücklich wolltest, dass ich den Preis annehme.«

»Willst du darauf hinaus, dass ich mich erpressbar gemacht habe? Und dich nur deswegen weiter mitziehe? Nein. Dass du versuchen würdest, mich zu erpressen, habe ich nie gedacht.«

»Gut«, sagte Habicht, »ich würde dich auch niemals erpressen. Weil man aber nie weiß, ob das eigene Telefon angezapft wird oder Daten gestohlen werden, habe ich die Nachricht damals vorsichtshalber sofort gelöscht, damit auch niemand anders dich erpressen kann.«

Russo schluckte schwer und nickte. Einen Moment blieben sie schweigend stehen. Das Einzige, was sie hörten, war das Rascheln der Maisblätter im Wind.

»Irgendwie unheimlich hier«, durchbrach Habicht schließlich das Schweigen.

Russo nickte und hockte sich hin. »Da muss mich ein Insekt gestochen haben«, vermutete er, schob sein Hosenbein ein Stück hoch und legte gerötete Haut frei. »Verdammt, was ist das?«, entfuhr es ihm.

»Das könnte dasselbe sein, was Piet und den anderen Verbrennungsopfern passiert ist, nur in einer noch sehr schwachen Form«, vermutete Habicht besorgt.

In Gedanken hörte er Luise Lapasse erklären, dass bereits die Ausdünstungen des Herkuleskrauts zu Verbrennungen führen können. Habicht sah sich hektisch um: Mais, geschätzt zweimeterfünfzig hoch, aber, wie erwartet, nirgendwo ein Herkuleskraut, das man nur schwer hätte übersehen können.

»Schieb den Stoff wieder darüber, du darfst da kein Sonnenlicht draufkommen lassen!«, befahl Habicht. »Und jetzt lass uns verschwinden!«

Sie eilten über die Schneise zurück in die Richtung, aus der sie gerade erst gekommen waren. Noch bevor sie die nächste Biegung erreichten, spürte Habicht ein Jucken am linken Knöchel.

»Bleib einmal stehen!«, rief Russo.

Habicht schüttelte den Kopf: »Les, das ist keine gute Idee, wir müssen hier weg!«

»Hörst du das denn nicht?« Russo legte einen Finger auf die Lippen, Habicht hob den Kopf. Ein Summen, aber ein anderes als das des 400-PS-Motors des 10-Tonnen-Mähdreschers, dessen Geräusch ihn bis an sein Lebensende in Albträumen verfolgen würde. Habicht war sich sicher, es unter 1000 anderen Motorgeräuschen erkennen zu können.

Nein, das hier klang zwar ebenfalls nach einem Motor, aber einem bedeutend kleineren, überlegte er. Das Summen wurde lauter. Was immer es verursachte, näherte sich ihnen. Einen Moment klang es für Habicht so, als komme es gleichzeitig aus zwei Richtungen.

»Das sind zwei Geräuschquellen«, vermutete Russo auch schon.

Habicht riss einen Finger in die Luft: »Da, über uns!« Russos Blick ruckte nach oben. Ein Multicopter schwebte dort gut fünfzehn Meter über den Spitzen der Maispflanzen.

»Ich habe kein Team mit Kameradrohne rausgeschickt!«, rief Russo.

»Das ist auch keine Kameradrohne«, bemerkte Habicht. »Siehst du, dass der gesamte Mittelteil der Drohne aus einer würfelförmigen Box besteht? Möglicherweise ist das eine Transportdrohne«, spekulierte er.

»Ja, vielleicht. In jedem Fall ist da vorne noch eine«, gab Russo zurück. Dabei bemerkte Habicht eine Angst in dessen Stimme, die er in all den Jahren noch nie bei seinem Freund gehört hatte.

Das stärker werdende Jucken an seinem Knöchel erinnerte ihn daran, dass sie nicht nur wegen der Drohnen schnellstens von hier verschwinden mussten.

»Lass uns abhauen!«, riet er Russo, doch der blickte noch wie hypnotisiert nach oben.

»Warte Rolf, da passiert etwas!«

Habicht hob erneut den Kopf. Bei beiden Drohnen öffneten sich an den Boxen gleichzeitig Klappen. Noch verstand Habicht nicht, was das bedeutete. Dann quoll aus den Öffnungen jeweils eine Wolke hervor, jede aus unzähligen umherschwirrenden Punkten bestehend. Die Wolken wuchsen rasendschnell.

Kein Rauch, kein Gas war das, bemerkte Habicht. Aber was strömte da aus?

Die Wolken sanken langsam ab.

»So wie die da runterkommen, schneiden die uns den Rückweg ab!«, bemerkte Russo, der mit inzwischen bleichem Gesicht nach oben starrte.

»Dann in die andere Richtung! Los jetzt!«, befahl Habicht und rannte los. Das Summen der Drohnen entfernte sich, und jetzt erst bemerkte Habicht ein weiteres, viel leiseres Summen, das die Motoren und Rotoren der Multicopter bis gerade übertönt hatten.

Dann der nächste Schock: Eine Böe rollte aus der Richtung der Wolken über sie hinweg. Habicht drehte im Laufen den Kopf über die Schulter und beschleunigte sofort seinen Schritt. Der Wind wirbelte die Wolken ineinander. Einige Meter hinter Russo und Habicht schien die Luft nun aus durcheinanderschwirrenden schwarzen Punkten zu bestehen. Das Summen drang lauter in ihre Ohren. Etwas krabbelte über Habichts Nacken bis unter den Kragen. Russo klatschte sich mit der flachen Hand ins Gesicht. Jetzt krabbelte gleichzeitig etwas über Habichts Kopfhaut, seinen linken Arm und in seine Hosenbeine. Dann hüllte die Wolke sie ein. Habicht spürte, wie ihm etwas in den Mund flog, das sich bewegte. Er spuckte aus, schlug mit beiden Händen auf die Stellen, an denen es juckte und krabbelte: Rücken, Bauch, Oberschenkel und Unterarme. Es war eine Wolke aus unzähligen umherschwirrenden Insekten, die sie umgab.

Wild um sich schlagend stolperten sie um eine Kurve. Der Mais lichtete sich. Vor ihnen erhob sich ein riesiger Holzschuppen mit zugenagelten Fenstern. Trotz des Insektenschwarms erinnerte sich Habicht an Edwards Worte, die ihm nun wie eine Prophezeiung erschienen.

Russo und Habicht rannten an den verwitterten Holzwänden vorbei, bis sie eine Tür erreichten. Russo drückte die Klinke, doch die Tür ließ sich nicht öffnen. Hektisch sah Habicht sich um. Unmittelbar neben der Tür glänzte eine Metalltafel in der Größe eines DIN-A-4-Schreibblocks im Sonnenlicht, ein Bauteil, das überhaupt nicht zu dem verwitterten Holzschuppen passte. Habicht berührte das kühle Metall. Sofort teilte sich die Metallplatte und gab die Sicht auf ein Tastenfeld mit Ziffern und ein schmales Display frei.

»Du musst die Wurzel aus dem Bösen ziehen!«, hörte er in Gedanken Edwards Stimme. Sie brauchten hier offenbar einen Zahlencode. Aber welche Zahl sollte denn böse sein?, schoss es Habicht durch den Kopf. Die Sieben galt oft als heilige Zahl und fiel daher weg, ebenso die Zwölf, die für Vollkommenheit stand. »*666«* tippte Habicht in die Tasten, die biblische Zahl aus der Offenbarung des Johannes, die auch als Zahl des Antichristen bezeichnet wird. *»Falsches Passwort! Noch zwei Versuche!«*, leuchtete es rot auf dem Display. Die Wurzel aus dem Bösen ziehen? Die Wurzel ziehen...

»Les! Was ist die Wurzel aus 666?«, rief Habicht.

Russo ließ von der Tür ab, blickte ihn an, als sei Habicht verrückt geworden, was der in diesem Moment selbst nicht ganz ausschloss.

»*Was* willst du wissen?«

»Was ist die Quadratwurzel aus 666?«, formulierte Habicht die Frage um.

Russo blickte nervös umher, rechnete im Kopf. »25,0869 und so weiter!«

Habicht hackte die Zahl in die Tasten. *»Falsches Passwort! Letzter Versuch!«*, leuchtete es ihm entgegen.

»Ne warte, das war falsch!«, ereiferte sich Russo.

Was du nicht sagst!, dachte Habicht und tippte das neue Ergebnis ein, das Russo ihm zurief:

»25,8069 irgendwas!«

Das Ergebnis ließ sich bis zur Null eingeben, dann wechselte die Farbe des Displays von rot auf grün, und mit einem Klacken sprang die Tür auf.

Kapitel 27
Im Schuppen

Habicht schlug die schwere Tür sofort hinter ihnen zu. Das Krabbeln der mit hineingebrachten Insekten spürten sie noch immer am ganzen Körper. Ihre Augen brauchten einen Moment, um sich etwas an die Dunkelheit zu gewöhnen.

»Woher wusstest du, wie wir an den Code kommen?«, fragte Russo, noch außer Atem.

»Das ist eine verrückte Geschichte, erzähle ich dir später mal«, wich Habicht aus.

Russo fluchte und klatschte mit der Hand in sein Genick. Danach blickte er in seine Handfläche. »Hier ist so ein Vieh!«, bemerkte er.

Habicht schaltete die Taschenlampenfunktion seines Smartphones ein und leuchtete auf das, was Russo ihm mit angeekeltem Blick entgegenstreckte. Trotz der Wucht, mit der Russo das Tier erledigt hatte, war es noch gut zu erkennen: ein Käfer von etwa fünf Millimetern Länge, mit langen Fühlern und gelbem Körper, über den Rücken zogen sich schwarze Streifen.

»Ich glaube, von den Biestern hat der Bauer Eschwede erzählt«, bemerkte Habicht. »Das ist sehr wahrscheinlich ein Maiswurzelbohrer. Wenn sich nicht gerade eine ganze Wolke von den Biestern über einem ergießt, sind sie für Menschen völlig ungefährlich, aber sie sind eine echte Plage für Landwirte, die Mais anbauen«, erklärte Habicht weiter.

»Und warum sollten die dann Unmengen von den Viechern mit Drohnen über dem Feld verteilen?«, stellte Russo die Frage in den Raum, auf die Habicht jedoch auch noch keine Antwort kannte.

»Sehen wir uns erst einmal um!«, schlug der vor.

Der Lichtstrahl seines Smartphones fiel auf eine Baggerschaufel von der Größe eines Sessels. Habicht ließ den Lichtkegel weiterwandern. Die Schaufel gehörte zu einem Fahrzeug mit mannshohen Reifen und einer Führerkabine in etwa zwei Meter Höhe. Ob Edward mit diesem oder einem ähnlichen Gerät die Kornmuhmen errichtet hatte? Dass sein verwahrloster Informant mit seiner geheimnisvollen Andeutung diesen Schuppen gemeint hatte, daran zweifelte Habicht nicht, während er langsam weiterging.

Sein Licht wurde von einer maisgrünen Oberfläche reflektiert und begann unkontrolliert mit Habichts Hand zu zittern, als der bemerkte, was dort vor ihm stand.

»Hier ist der Monstermähdrescher der letzten Nacht!«, sagte er in die Dunkelheit.

Russo trat neben ihn. »Ich bin ja auch kein Experte

für Agrarwirtschaft, aber so ein Ding habe ich noch nie gesehen«, meinte er.

Habicht trat an eine auf die grün lackierte Karosserie montierte Leiter heran und stieg hinauf. Nach etwa zweieinhalb Metern erreichte er eine Plattform. Unter seinen Füßen musste die Dreschtrommel liegen, in der gestern Nacht Piet und er fast zerfetzt worden wären. Bei der aufblitzenden Erinnerung an diese Horrornacht lief Habicht eine Gänsehaut über den Rücken, er schüttelte sich und ging vorsichtig weiter über die Plattform. Dabei hielt er sich auf einem grün lackierten Streifen, der sich wie eine Streckenmarkierung über die sonst schwarze Ebene zog. Ob man die schwarzen Flächen nicht betreten sollte? Wenn ja, warum nicht?, überlegte Habicht. Er hockte sich hin und leuchtete mit seiner Lampe vor seine Füße.

»Dieses Ding ist hier oben fast komplett mit Solarzellen bestückt!«, rief er zu Russo hinunter.

»Meinst du etwa, so ein riesen Teil kann man mit Solarenergie versorgen?«, rief der von unten zurück.

»Vermutlich nicht. Aber vielleicht ist es ein Hybrid, der bei genug Licht seinen Akku aufladen kann« , spekulierte Habicht.

»Rolf, komm mal runter. Das musst du sehen. Auch wenn wir nur Handykameras dabei haben, müssen wir das hier dokumentieren. Du wirst es für deine Reportage brauchen, die du mir eben vorgeschlagen hast«, kam wieder Russos Stimme aus der Dunkelheit.

Sie hörten ein Klacken, dann ein Brummen, ein Spalt öffnete sich in der Decke und ließ helles Sonnenlicht ins Innere fallen. Die Öffnung verbreiterte sich, bis sie ein Quadrat von geschätzt zwei mal zwei Metern bildete, durch das der blaue Himmel zu sehen war. Ein erneutes Summen, dann sank durch die Luke die erste Drohne, gefolgt von der zweiten. Noch bevor die beiden Multicopter auf dem Betonboden aufsetzten, schob sich die Dachluke wieder zu.

Das sind eindeutig die beiden Drohnen, die die Käfer-Wolken freigesetzt haben, dachte Habicht und kletterte vorsichtig die Leiter hinunter. Jetzt bot sich die Gelegenheit, die Drohnen genauer in Augenschein zu nehmen.

Doch was war das? Habicht trat näher an die Scheunenwand heran, aus der ein kurzer Hebel ragte. Er zögerte, packte ihn dann und schob ihn mit einem Ruck nach unten. Wie erhofft: Über ihnen im Gebälk sprangen nach und nach Lampen an. Jetzt erst sah Habicht, wie groß diese Scheune war, aber vor allem verstand er eines: Mit ihren verwitterten Holzwänden und den zugenagelten Fenstern sah sie nur von außen wie eine alte

Scheune aus. Doch das war nur Fassade oder nein: Tarnung. Die Innenseiten der Wände bestanden aus großflächigen Metallplatten. Das spitze Dach, das von außen mit moosbewachsenen Schindeln gedeckt war, ruhte auf einer modernen Stahlkonstruktion.

Habicht eilte zu Les Russo hinüber, der neugierig die Drohnen betrachtete, deren Rotoren nun stillstanden. Russo kratzte sich ratlos am Kopf.

»Das sind echt merkwürdige Dinger«, kommentierte er, »aber nicht so merkwürdig wie die da vorne« und wies mit einer Kopfbewegung hinter die beiden Transportdrohnen. Einige Schritte entfernt wartete in Reih und Glied eine ganze Flotte großer Octocopter auf ihren nächsten Einsatz. Habicht zählte sie: 25 Stück. Er schob sich an den beiden Transportdrohnen vorbei und betrachtete die Octocopter aus der Nähe. Keine Transportboxen wie jene, mit denen die Käfer aus der Luft verteilt worden waren, dafür Kanister. »*AgI*«, las Habicht auf einem Aufkleber in roter Schrift. Daneben prangte ein Gefahrenstoffhinweis, wie er bei manchen Chemikalien üblich war: das Piktogramm eines Fisches, der mit dem Bauch nach oben und offenem Maul in einem Gewässer trieb, vor der Kulisse eines blattlosen Baums.

Habicht hatte für seine Reportage »Denn sie wissen nicht, was sie tun« einen radikalen Umweltschützer vor der Kamera gehabt, dessen Unternehmen Giftstoffe entsorgte. Der Mann wurde damals verdächtigt, mit den toxischen Substanzen einen Kreuzzug gegen Umweltsünder zu führen. Für diese Reportage hatte sich Habicht mit einigen Grundlagen der Chemie befasst.

»Das ist giftig«, meinte Russo.

»Laut Gefahrenstoffkennzeichnung ‚umweltschädlich'«, korrigierte Habicht.

»Ist mir lieber. Und was ist das?«, wollte Russo nun wissen.

»Eine chemische Verbindung aus Silber und Jod.«

Russos Stirn legte sich in Falten.

»Silberjodid«, konkretisierte Habicht.

»Und warum schütten die das über den Mais?«, fragte Russo.

»Ich glaube nicht, dass sie das tun«, entgegnete Habicht. »Nach allem, was Kyrill mir erklärt hat, verteilen die das in den Wolken.«

»Kannst du mir das in einer Beitragslänge von 90 Sekunden zusammenfassen?«, fragte Russo.

Habicht nickte: »Aber setz dich trotzdem lieber vorher hin.«

Kapitel 28
Erkenntnis

Les Russo wurde blass. »Puh! Ich kann nur wiederholen, was ich eben sagte: Ein riesiger Reinfall oder eine riesige Story mit extremer Sprengkraft.«

Habicht nickte.

»Kyrill ist der Experte für Naturwissenschaften, und wir beide wissen, dass wir ihn da ernstnehmen sollten«, überlegte Russo laut weiter. »Aber als Journalist weiß ich, dass das, was du überlegst, auch schon in ähnlicher Form in der Politik auf der Tagesordnung gelandet ist. Die UNO verbot mit der Ratifizierung der ‚ENMOD-Konvention‘ 1976 die militärische Nutzung umweltverändernder Techniken. Schon vor so vielen Jahren beschäftigten die sich mit der Steuerung von Stürmen, herbeigeführten Überflutungen und Dürreperioden, sogar dem beabsichtigten Öffnen von Ozonlöchern oder dem Hervorrufen von Erdbeben und Tsunamis, ja sogar mit der gezielten Veränderung des Klimas ganzer Regionen.«

»Wusste ich doch, dass hier etwas hochgradig Illegales läuft«, knurrte Habicht.

Les Russo lachte verbittert: »Nein, nicht unbedingt«, widersprach er, »denn die zivile oder kommerzielle Erforschung, Entwicklung und Umsetzung der Technologien, die man für das eben

Gesagte brauchen würde, sind mit der Konvention nicht ausgeschlossen.«

»Also, generell könnte ein Smart-Farming-Unternehmen unter dem Deckmantel der Optimierung der Landwirtschaft den Geschäftsbereich ‚Wettermodifikation' eröffnen«, folgerte Habicht.

Russos Antwort überraschte ihn: »Das wäre nicht das erste Mal. Einen privatwirtschaftlichen Industriezweig für Wettermodifikationen gab es in den USA schon. Sie hatten vor allem die Agrarindustrie als Kunden im Blick. Zu Beginn der 60er Jahre konnten die bereits an die drei Millionen Dollar Gewinn pro Jahr verbuchen.«

In Habichts Gedanken formte sich mehr und mehr eine journalistische Story.

»Hast du noch genug Akku im Handy? Dann lass uns anfangen, Bildmaterial zu sammeln. Ich nehme den Teil da hinten, du nimmst dir den da vorne vor.«

Habicht und Russo filmten und fotografierten: die Drohnenflotte, die Tanks, Warnschilder, die moderne Architektur des als alter Schuppen getarnten Baus, den monströsen Mähdrescher.

»Mir fällt da noch mehr ein!«, begann Russo erneut: »In Vietnam, Laos und Kambodscha gab es 1966 die US-amerikanische Operation ‚Popeye' und nur ein Jahr später ‚Motorpool'. Man hat den

Monsun über fünf Jahre um bis zu sechs Monate verlängert. So wurden die Versorgungswege des Viet Cong auf dem Ho Chi Minh Pfad unpassierbar gemacht. Aber solche Operationen gab es sogar schon davor. 1950 wurden Wolken aus Flugzeugen mit Chemikalien ‚gedüngt'. Das war im Korea-Krieg.«

Habicht überlegte. »Das ist ja nun alles schon eine Weile her. Stell dir mal vor, jemand hätte diese Technik in einem ähnlichen Tempo weiterentwickelt, wie es in der Computertechnologie in den letzten Jahrzehnten geschieht. Dann kann man sich in etwa vorstellen, was heute alles möglich sein könnte.«

Er hob sein Smartphone, um ein Schild zu fotografieren, das neben einer Stahltreppe hing, die hinauf zum Dach des Schuppens führte. »*Außenplattform für Drohnenstarts und -landungen. Nicht bei Gewitter betreten!*«, warnte es.

Früher hätte man ein halbes Fernsehstudio für das gebraucht, was heute längst ein Smartphone kann, das nahezu jeder in der Hosentasche mit sich trägt, dachte Habicht und drückte den Auslöser auf dem Touchpad. Es folgten Aufnahmen von dem Mähdrescher aus größerer Distanz, dann dessen Flächen mit den Solarzellen. Zwischen den Reifen, von denen jeder einen Durchmesser hatte, der Habichts Körpergröße überstieg, bemerkte er ein schwarzes Metallfach im maisgrünen Lack. Er klappte es auf: Gummihandschuhe und weiße Overalls, dazu Harken und weiße Kunststoffsäcke, fein säuberlich zu Päckchen abgepackt. Gehörte so etwas zur Standardausrüstung eines Mähdreschers? Wohl kaum.

Habicht erinnerte sich an die Sicherheitshinweise, die Dr. Lapasse ihm für den Umgang mit dem Herkuleskraut gegeben hatte. Ob die Handschuhe und Schutzanzüge hier vor ähnlichen Gefahren schützen sollten? Damit demjenigen, der dieses technische Ungetüm steuerte, außerhalb seiner weit oben gelegenen Führerkabine nicht das Gleiche widerfuhr wie den beiden Jugendlichen, die ins Elisabeth-Krankenhaus eingeliefert worden waren? Habicht dokumentierte seinen Fund mit mehreren Aufnahmen.

»Komm mal rüber!« Russos Stimme klang aufgeregt.

Habicht eilte auf ihn zu. Russo stand am anderen Ende des Schuppens neben einem Traktor, blätterte in einem Ordner und schüttelte immer wieder den Kopf.

»Das, was sich hier andeutet, ist drei Nummern größer, als du und ich gedacht haben«, sagte er und streckte Habicht ein Dokument entgegen, das er gefunden hatte.

»Was ist das?«

»Eine Inventarliste des Schuppens. Ich habe sie schon fotografiert. Aber das wirklich Wichtige steht hier oben in der Kopfzeile.«

Habicht las sie: »*Inventarliste Landwirtschaftliches Depot 01 / Testgelände 05 NRW / Deutschland – Achtung: Ausstattungen variieren abhängig von Testgelände und Land!*«

»Was glaubst du, wie viele Testgelände die haben?«, fragte Habicht.

»Was meinst du?«, stellte Russo die Gegenfrage.

»In Nordrhein-Westfalen? In Deutschland? Europa? Oder weltweit?«

Ohne weitere Anhaltspunkte war es unmöglich das zu schätzen, das war auch Habicht klar. Zudem stellten sich weitere Fragen: War das die erste Testreihe? Oder hatte es bereits etliche gegeben? Hatte es tatsächlich niemand bemerkt oder sich zumindest nicht vorstellen können, welche Dimensionen dahintersteckten?

Russo riss ihn aus seinen Gedanken. »Rolf, du bist dafür bekannt, ein hervorragendes Gespür dafür zu haben, Geschichten mit Sprengkraft zu finden. Du hast dich hier sehr wahrscheinlich nicht getäuscht. Aber *ich* habe ein sehr gutes Gespür zu merken, wenn eine Recherche gefährlich wird. Und dieses Gefühl meldet sich gerade bei mir und zwar sehr heftig.«

»Was schlägst du vor?«

»Erstens: Wir machen uns klar, dass wir alles Wichtige hier gesehen, gefilmt und fotografiert haben. Zweitens: Wir schicken die Daten in die Cloud des Senders. Drittens: Sobald der Upload gestartet ist, hauen wir ab, bevor einer von denen hier aufkreuzt.«

Der Datentransfer in die Cloud lief noch, als Habicht vorsichtig die Klinke der Schuppentür drückte und sie ein Stück aufschob. Ein Streifen Sonnenlicht fiel ins Innere des Schuppens, Habicht spähte hinaus. Nur der Mais wog sich raschelnd im Wind hin und her, kein Summen und keine umherschwirrenden Punkte mehr in der Luft. Habicht schob die Tür ganz auf, sie verließen den Schuppen.

»Wenn das ein Testgelände für Wettermodifikationen ist, was sollte das dann mit dem Maiswurzelbohrer?«, überlegte Habicht laut vor sich hin, so dass Russo es hörte. »Der Bauer erklärte mir, dass diese Tiere eine Plage seien. Warum überschüttet man dann das Feld damit? Was soll das für ein Experiment sein?«

Ein leises Knirschen und ein Gefühl, als würde er auf Popcorn treten, lieferte ihm fast schon die Antwort. Habicht senkte den Blick: Der Ackerboden war übersät mit toten Maiswurzelbohrern.

»Was ist mit den Viechern passiert?«, fragte Russo entsetzt.

»Ich glaube, dass der Mais sich gegen sie gewehrt hat«, spekulierte Habicht und fügte hinzu: »Für mich heißt das: ‚Experiment geglückt'.«

»Und für mich heißt das: Wir sollten noch schneller hier verschwinden!«, entgegnete Russo.

Nach etwa zwei Minuten zügigen Fußmarschs spürte Habicht ein erneutes Jucken auf der Haut am Unterschenkel. Im Schuppen war die Hautreizung abgeebbt. Offenbar gab es tatsächlich einen Zusammenhang zwischen der Hautreaktion und Sonnenlicht. Nach etwas mehr als fünf Minuten verließen sie das Maisfeld, in das die Schneise sie bis zu dem dunklen Schuppen mit seinen noch dunkleren Geheimnissen geführt hatte.

»Links oder rechts? Wie kommen wir zu unseren Autos?«, fragte Russo verwirrt.

»Du gehst links, immer geradeaus auf den Hardter Wald zu. Ich gehe einen anderen Weg. Ich muss noch etwas erledigen«, erklärte Habicht.

»Das klingt so, als würdest du diesen Weg allein gehen wollen«, bemerkte Russo.

Habicht nickte grimmig.

»Okay, Rolf. Aber bitte pass auf dich auf!«

Kapitel 29
Habicht

Rolf Habicht schob Maispflanzen auseinander und schlüpfte hindurch. Einige Meter vor ihm flatterten die schwarzen Lumpen der Kornmuhme. Es war die etwas kleinere, die erste, die über Nacht aufgetaucht war, jene, mit der die verhängnisvolle Ereigniskette begonnen hatte.

»Ich hasse dich!«, murmelte Habicht und schritt näher auf sie zu. Er verfluchte die Kornmuhme und den Tag, an dem sie ihn mit Emma und Piet hierhergelockt hatte. Habicht stand nun direkt vor ihr und trat mit voller Wucht gegen den Sockel.

»Du hast nur Schlechtes gebracht, du verdammte Vogelscheuche!«, donnerte er.

Weitere Tritte und Beschimpfungen, die in jedem TV-Beitrag weggepiept worden wären, folgten. »Gib mir einen Grund, warum ich dich nicht absägen sollte!«, schrie Habicht weiter und trat erneut gegen den Sockel. Dabei riss eine Blechplatte ab und flog durch die Luft, was ihn so irritierte, dass er einen Atemzug lang innehielt. Es war die Abdeckplatte des »Geheimfachs« gewesen, in dem Piet vor einer gefühlten Ewigkeit den von Edward abgelegten Ordner mit den Wetterdaten gefunden hatte.

Das Geheimfach lag nun offen vor ihm. Was ist das denn schon wieder? Habicht hockte sich hin und griff hinein. Zuerst glaubte er, es sei nur ein Papierknäuel, doch im Papier war etwas eingewickelt. Er rollte es auseinander und hielt einen Maiskolben mit bunten Körnern in der Hand. »Das ist kein Mais!«, hörte er Edwards eindringliche Stimme in der Erinnerung. Dann erst bemerkte er, dass auf dem Papier etwas geschrieben stand:

»Gut gemacht! Jetzt hast du es verstanden! Du darfst nicht zimperlich sein, wenn du wissen willst, was hier vor sich geht! Aber nun nimm das Geschenk an dich, beschütze es und verschwinde von hier! Verlasse das Maisfeld, wenn du nicht sterben willst!«

Habicht schluckte schwer und schaute sich mit trockenem Mund um, ob ihn jemand beobachtete. Stammte das erneut von Edward? Hatte der die Verfolgungsjagd im Maislabyrinth doch überlebt? Oder war das ein Versuch von Boldar, ihn für dumm zu verkaufen und gleichzeitig zu vertreiben? Er verstaute den bunten Maiskolben und das Schreiben in seiner Jackentasche.

Als Journalist hatte er in Krisengebieten oft die Erfahrung gemacht, dass es sich gerade dann lohnte, genauer hinzusehen, wenn man ihm sagte, es sei besser zu verschwinden. Und er wusste ebenfalls, wie wichtig es war, eine Warnung ernst zu nehmen, besonders dann, wenn jemand unmissverständlich klarmachte, dass sein Leben auf dem Spiel stand.

In welcher Richtung musste das Maisfeld liegen, in dem Piet zusammengebrochen war? Habicht drehte sich einmal um die eigene Achse und versuchte, sich an Kirchtürmen und der Waldgrenze zu orientieren, bis er sich für eine Richtung entschied.

Bevor er sich auf den Weg machte, zog er sein Smartphone aus der Tasche und öffnete seinen E-Mail-Account: »*Liebe Emma, falls ich nicht dazu komme, sag Piet*«. Er löschte die Mail. Was sollte das werden? Ein Abschiedsgruß? Selbst bevor er in den Irak aufgebrochen war, hatte er kein Testament aufgesetzt, weil er fand, dass dies zu viel Pessimismus bedeutete. Er ging vom Schlimmsten aus, aber würde das Beste aus seiner Situation machen. Das war schon früher sein Überlebensmotto gewesen, das ihn immer sicher zurück nach Deutschland gebracht hatte.

Und er war nicht bereit, sein Leben im Schatten eines Maisfeldes zu verlieren, egal, vor was man ihn warnte oder wer ihn bedrohte. Gestärkt von einer neuen Trotzigkeit und Wut zog Habicht los.

Etwa zehn Gehminuten später sah er die größere der beiden Kornmuhmen über den Mais hinausragen. Sie war jetzt der einzige Orientierungspunkt, an den er sich klammern konnte. Irgendwo hier muss es gewesen sein, hoffte Habicht.

Er strich weiter durch den Mais. Fast als würde man durch einen grünen Tunnel aus Halmen und Blättern gehen, dachte er und hob den Blick. Der Mais hier war riesig, geschätzt über vier Meter hoch. Sowas habe ich noch nie gesehen, bemerkte er und ging langsamer, vorsichtiger, beinahe ehrfürchtig weiter. Einige Minuten schritt er so durch diesen gewachsenen Säulengang aus Mais, ohne ein Ende der Pflanzenreihen zu erblicken. Er blieb stehen. Zögernd streckte er sich nach einem noch völlig von Blättern umhüllten Kolben, riss ihn ab und begann, ihn vorsichtig zu schälen. Mehr und mehr legte er Reihen von bunten Maiskörnern frei, bis er schließlich einen Kolben in der Hand hielt, der dem aus dem Geheimfach am Fuße der Kornmuhme glich.

Habicht ging vorsichtig weiter. Nach wenigen Schritten erreichte er eine Stelle im Feld, an der an etlichen Maispflanzen bereits bunte Kolben aus ihren Blättern hervorlugten. Ob bei einer genaueren Bildanalyse von Piets Aufnahmen solche Kolben im Hintergrund sichtbar werden würden?, fragte sich Habicht. War Piet hier gewesen, bevor er ohnmächtig geworden war? Wie musste es für das kleine Kind gewesen sein, hier oder an einen ähnlichen Ort zu geraten? Selbst er als Erwachsener fühlte sich zwischen den riesigen Maispflanzen wie geschrumpft, und die bunten Kolben hatten etwas geradezu Märchenhaftes an sich.

Eine andere Frage traf Rolf Habicht wie der Blitz: Piet hatte eine massive allergische Reaktion gezeigt. Was wäre, wenn Piet – sein Sohn – die Veranlagung zu dieser Allergie von ihm geerbt hätte? Würde es ihn genauso erwischen? Habicht betrachtete den bunten Kolben in seiner Hand und bemerkte jetzt, dass sie zitterte. Er warf den Kolben weg, stolperte los, weg von hier.

Er taumelte durch die Maisreihen, spürte, wie seine Hände taub wurden, sein Herz raste, Schweiß kroch ihm aus den Poren, sein Mund wurde trocken, sein Blick glasig. Dann gaben seine Beine nach, er stürzte und landete auf der Erde zwischen den dicken Stängeln der Maispflanzen. Habicht schnappte nach Luft. Seine Beine gehorchten ihm nicht mehr, seine Arme zitterten vor Anstrengung beim Versuch, sich aufzustützen. Ihm wurde übel. Er dachte an Piet und Emma. Dann war alles dunkel und still.

Kapitel 30
An einem unbekannten Ort

Kaltes, weißes Licht aus einer vergitterten Lampe an einer grauen Decke. Habicht schloss wieder die Augen. Ihm war schwindelig.

»Er kommt zu sich. Die Medikamente haben gewirkt«, hörte er eine ihm unbekannte Männerstimme.

»Natürlich haben sie gewirkt«, erkannte er nun Gunnar Boldars Stimme.

Habicht riss die Augen auf, wollte sich aufsetzen, doch Gurte an seinen Armen hielten ihn zurück. Durch die hektische Bewegung wurde ihm erneut schwarz vor Augen, es dauerte einen Augenblick, bis er wieder klar sehen konnte. Er lag in einem kargen Raum, dessen Wände mit Kunststoffplatten verkleideten waren. Nur eine Stahltür führte hinaus. Keine Fenster, die sich öffnen ließen, lediglich ein Bullauge mit dickem Glas gewährte einen Blick nach draußen, wo es inzwischen offenbar dunkel geworden war. Damit sanken seine Fluchtchancen also von »miserabel« auf »sehr miserabel«.

Unter dem Bullauge saß auf einem metallenen Klappstuhl Gunnar Boldar. Neben ihm stand stramm ein anderer Mann mit Bart und olivgrüner Uniform, der Habicht bekannt vorkam, doch wollte ihm nicht einfallen, woher er ihn kennen könnte.

Auch Boldar trug diesmal eine Uniformjacke, jedoch eine andere als die des Bärtigen: Den jackettähnlichen Schnitt, die edleren Knöpfe und Stickereien am Kragen interpretierte Habicht als Zeichen eines höheren Ranges. Die Kleidung des anderen ließ sich nur als Kampfanzug einordnen. Habicht hatte viele Militäruniformen in seinem Leben gesehen, diese jedoch noch nie. Was seine Skepsis noch vergrößerte: Er fand keine Abzeichen, die auf die Nationalität oder Weiteres schließen ließen.

»Sie waren recht lange bewusstlos«, wandte sich Boldar nun an ihn.

»Stimmt. Inzwischen ist schon Karneval!«, schnappte Habicht und nickte in Boldars Richtung. »Was für ein paramilitärischer Club seid ihr smarten Farmer eigentlich?«, schnauzte Habicht Boldar an, als sei der gefesselt und nicht er.

Doch Boldar ging auf die Frage ein. »Industriezweig für agrarwirtschaftliche Selbstversorgung privater Militärdienstleistungsunternehmen der Hairesis Initiative.«

»Hairesis Initiative?«, echote Habicht. »Das ist doch dieser sozialdarwinistische Sekten-Konzern, der immer wieder für Negativschlagzeilen sorgt!«

»Als Journalist sollten Sie wissen, dass man nicht alles glauben sollte«, entgegnete Boldar gelassen.

»Was soll ich denn nicht glauben? Etwa die Entführung des Sohnes von Oberstaatsanwalt Rupert Sternberg und der versuchte Mord an ihm? Der Mord an Paolo Cambiare, einem Aussteiger Ihrer Sekte? Die Ermordung der Journalistin Hanna Paulus?«, zählte Habicht wie aus der Pistole geschossen auf, und bevor Boldar etwas entgegnen konnte:

»Jeder, der bei der einen oder anderen Pressekonferenz des Innenministeriums war, kennt euren Verein. Und keiner glaubt euch noch, dass dieses Firmen-Imperium, das ihr aufgebaut habt, nur wirtschaftliche Zwecke verfolgt. Da steckt irgendein ganz großer *Mist* hinter, und es ist nur eine Frage der Zeit, wann ihr endgültig auffliegt«, donnerte Habicht.

»Großes hat immer seine Opfer gefordert, oder?«, erwiderte Boldar gelassen. »Und um auf den Punkt des Sozialdarwinismus zurückzukommen: Halten Sie das, was Generationen von Wissenschaftlern über die Evolution erforscht haben, für Unsinn?«

»Was Sie machen, hat damit nichts zu tun!«, versuchte Habicht der rhetorischen Frage auszuweichen.

»Doch! Denn es geht um nichts anderes!«, hielt Boldar dagegen, der nun auch lauter und verärgerter im Ton wurde. »Wir haben lediglich die Evolution institutionalisiert. Wir administrieren

Evolution, und wir managen sie. Wir tun das, weil die Evolution uns dazu befähigt hat. Es ist der nächste konsequente Schritt in der Evolution.«

»Was Sie administrieren und managen ist Selektion!«, widersprach Habicht energisch.

»Ist das nicht Teil der Evolution?«, stellte Boldar die nächste rhetorische Frage.

»Sie missbrauchen Erkenntnisse von Wissenschaftlern, die nichts mit Ihnen zu tun haben, um sich eine Legitimation zurechtzubiegen, um Menschen auszuschließen!«, warf Habicht ihm vor.

Gunnar Boldar wechselte seine Kommunikationsstrategie: »*Sie* wollten wir nicht ausgrenzen. *Ihnen* wollten wir die Chance geben, sich von der Seriosität unserer Weltanschauung zu überzeugen. *Sie* hätten dabei sein können, genauso wie Ihr Sohn Piet und dessen Mutter Emma Fink. Sie haben alle das Potential. Dass Sie drei den Tornado überlebt haben, hätte man in anderen Weltanschauungen wohl als ‚Gottesurteil' bezeichnet. Wir nennen es ‚Survival of the fittest'. Der Tornado war sozusagen der finale Test.«

Vor dem Bullauge blitzte es. Für einen kurzen Moment erkannte Habicht Baumstämme vor dem Fenster, sie befanden sich offensichtlich im Wald. Es donnerte sofort. Boldar sah auf seine Armbanduhr:

»Pünktlich!«, stellte er lächelnd fest.

»Sie modifizieren das Wetter«, sprach Habicht seinen Verdacht aus.

Gunnar Boldar lachte schallend. »Ja, selbstverständlich tun wir das. Aber ich kann Sie beruhigen: Den Tornado haben wir nicht entfesselt, nur um Sie zu testen. Der stand ohnehin noch auf der Liste, wir haben ihn Ihretwegen nur vorverlegt.«

»Was wollen Sie auf Ihren Testgeländen erforschen? Die Wettermodifikationen oder die Feldpflanzen? Entschuldigen Sie bitte, dass ich da nicht mehr von ‚Mais‘ sprechen möchte, obwohl die Pflanzen auf den ersten Blick noch so aussehen!«, zischte Habicht.

Boldar lächelte. »Wir sprechen auch nicht mehr von Mais. Weltweit trägt das Projekt den Codenamen ‚Feuerernte‘. Aber um Ihre Frage zu beantworten: Uns interessiert beides. Wobei unser primäres Interesse derzeit auf den Pflanzen liegt. Durch die Wettermodifikationen können wir einen groß angelegten Feldversuch wie ‚Feuerernte‘ gewissermaßen unter Laborbedingungen durchführen«, erklärte Boldar bereitwillig.

Diese ungewohnte Auskunftsfreudigkeit bereitete Habicht Sorgen: Versuchte Boldar ihn ein weiteres, sicher letztes Mal dazu zu verführen, ihnen beizutreten? Sofern das stimmte und er ablehnte, würde Boldar keine Verwendung mehr für ihn sehen. Und das war im Weltbild der Hairesis-Initiative extrem gefährlich. Zumal: Was würde das für Emma und Piet bedeuten?

Oder, Boldar versuchte ihn auf eine falsche Fährte zu locken, um ihn dann aus geheuchelter Barmherzigkeit wieder laufen zu lassen. Dann würden seine weiteren Recherchen im Sand verlaufen. Oder ein Beitrag, den er übereilt produzieren würde, erwiese sich als haltlos und würde ihn beruflich zerstören.

Vielleicht machte es Boldar aber einfach nur Spaß, ihm das zu verraten, was er nicht so leicht hätte herausfinden können – um Habicht dann zu töten, mit dem Wissen, dies nie veröffentlichen zu können.

Boldar zog zuerst den bunten Maiskolben und dann den Zettel, den Habicht im Geheimfach gefunden hatte, aus seiner Uniformjacke.

»Was haben Sie mit dem Aussteiger gemacht, der mir die Infos durch die Kornmuhme zugespielt hat?«, herrschte Habicht Boldar an.

»Er hat es geschafft, meine Leute in der Teufelsspirale von Ihnen abzulenken. Entkommen ist er nicht. Sagen wir es so: Er hat nie mehr Kontakt zu Ihnen aufnehmen können. Das hier...«, Boldar hob Maiskolben und Zettel, »habe *ich* Ihnen zukommen lassen – über denselben Kanal, wie Sie gemerkt haben. Ich war mir sicher, dass Sie den Köder schlucken und mir in die Falle tappen würden. Tja, und jetzt sind Sie hier!«

Boldar erhob sich von seinem Stuhl und blickte den Uniformierten neben sich an, der immer noch wie versteinert da stand.

»McParker, Sie haben Ihre Befehle«, sagte Boldar noch und verließ den Raum.

Woher kommt mir der Name bekannt vor?, überlegte Habicht und schielte zu dem Mann hinüber. Ihre Blicke trafen sich.

»Meine Befehle lauten, Sie auszuschalten«, verkündete McParker mit fester Stimme und amerikanischem Akzent, bevor er gedämpft sagte: »*Verdammt, warum hast du Boldars Angebot nicht angenommen?*«

Habichts Verwirrung wuchs, als McParker hinzufügte: »Du bist ein prima Kerl. Lass mich ein gutes Wort für dich einlegen, und du bekommst vielleicht deine letzte Chance!«

»Warum sollten Sie ein gutes Wort für mich einlegen?«, fragte Habicht perplex.

»Du agierst bei Stress und Gefahr sehr gut. Und du bist loyal. Du hast uns damals mit deiner Reportage nicht auffliegen lassen, obwohl du ein paar unschöne Dinge an der Front im Irak miterlebt hast.«

Schlagartig verstand Habicht. Er erinnerte sich an McParker, damals ohne Bart, ein paar Jahre jünger und in Wüstentarnfleckuniform der US-Armee.

»Was machst du bei der Hairesis-Initiative?«, platzte es aus Habicht heraus.

»Karriere«, gab McParker zurück. »Die haben mein Potential getestet und fördern mich. Es gibt viele ehemalige Soldaten hier. Aber viele andere aus der Truppe haben es nicht so gut getroffen. Sie sind auf der Straße gelandet. Oder stehen als Parkplatzwächter vor einem Supermarkt. Glaub mir: Die Hairesis-Initiative ist eine gute Sache.«

McParker trat näher auf Habicht zu, sein Gesicht wirkte fast schon verzweifelt.

»Wir haben wenig Zeit. Bitte Boldar darum, beitreten und die Aufnahmetests machen zu dürfen. Dann überlebst du zumindest schon mal die Nacht. Du bist ein guter Kerl, so einen brauchen wir hier. Und in einer nicht allzu weit entfernten Zukunft wirst du *uns* brauchen, ebenso deine Familie, die du ja inzwischen hast, wie ich gehört habe. Glaub' mir: Die Welt, wie wir sie kennen, wird es bald nicht mehr geben. Warte nicht auf irgendeinen Noah. *Wir* bauen die Arche, und *wir* machen die Sintflut. Wir haben Lobbyisten in der Politik, die das Verhindern des Klimawandels verhindern. Und wir haben die Firmen, die alles produzieren, was man in einer Welt, die von Naturkatastrophen heimgesucht wird, braucht. Wir haben bereits Inseln gekauft, die nicht absaufen werden, und statten diese seit Jahren mit Infrastruktur und geothermischer Energieversorgung aus.«

Habicht schüttelte fassungslos den Kopf, McParker redete unbeirrt weiter:

»Auch die Maispflanzen hier und auf den anderen Testfeldern gehören dazu. Dem Mais genügen schon geringste Wassermengen, um zu wachsen. Und er ist ein nachwachsender Rohstoff, der uns nicht nur zur Energiegewinnung dient, sondern auch als Grundstoff, um alles Mögliche zu produzieren, für das man sonst endliche Rohstoffe, wie Erdöl, benötigt.«

»Euer Feuerernte-Mais verbrennt Menschen die Haut! Was soll an so etwas gut sein?«, argumentierte Habicht dagegen. McParker schüttelte verzweifelt den Kopf, als müsste er einem kleinen Kind die allgemeine Relativitätstheorie erklären.

»Den Mais kann man nutzen. Aber nur wir haben die Maschinen, um ihn ohne Gefahren zu ernten und zu verarbeiten.«

Habicht ließ nicht locker: »Ja, weil ihr die Welt ins Chaos stürzen und dann die Menschen beherrschen wollt!«

»Die Welt stürzt seit Beginn des Lebens immer wieder ins Chaos, und nur die Stärksten überleben. So ist die Natur! Das ist Evolution!«, erklärte McParker.

Die Worte hätten genauso von Boldar stammen können, dachte Habicht. Diese einzelne Aussage deutete an, wie viel Gehirnwäsche einem Beitritt folgen würde.

McParker fuhr fort: »Und was denkst du eigentlich? Wer bekommt den Mais, wenn Hungersnöte ausbrechen? Die Leute, die ihn brauchen? Oder die Leute, die mehr Waffen haben? Unser Mais schützt sich selbst. Diebe und Kriminelle können ihn nicht einfach stehlen und teuer verkaufen! Nur *wir* können ihn ernten, und *wir* entscheiden, wer den Mais bekommt.«

Erneut schüttelte McParker den Kopf, diesmal wirkte er resigniert. »Ich habe befürchtet, dass ich dich nicht bekehren kann. Leb wohl, Rolf!«

Er griff an seinen Gürtel und zog etwas aus einem Lederetui. »In diesem Fall werde ich dich jetzt losmachen und dir eine Minute Vorsprung geben. Danach muss ich Alarm schlagen.« McParker öffnete mit seinem Schlüssel Habichts Fesseln.

»Danke, aber wo sind wir, und wie komme ich hier weg?«, fragte der hastig, streifte die geöffneten Fesseln ab und rieb sich die Handgelenke.

»Wir sind in einem mobilen Hauptquartier, das wir im Wald aufgebaut haben. Es ist so aufgeteilt wie ein Feldlager, nur etwas kleiner«, erklärte McParker. »Du musst auf die andere Seite des Camps gelangen. Da ist der Fuhrpark. Lauf zu dem Geländewagen am linken Rand der Wagenflotte. Nimm den. Ich habe ihn aufgeschlossen und den Schlüssel oben auf die Sonnenblende gelegt. Die Schnauze des Fahrzeugs zeigt auf ein Gestrüpp. Tritt das Gaspedal voll durch, dann hast du gute Chance durchzukommen. Es gibt keine Bäume auf der Strecke. Nach nur einigen Metern ist der Wald zu Ende. Da fangen unsere Maisfelder an. Gib Gas und fahre geradeaus. Halte nach der Kornmuhme Ausschau. Wenn du auf gleicher Höhe mit ihr bist, dann fahr scharf nach rechts und wieder geradeaus, bis du auf eine Straße kommst. Die führt dich recht schnell in diese Ortschaft Hardt.«

McParker half Habicht hoch. Sie eilten durch den Container auf die Außentür zu. Durch ein schmales Fenster sah Habicht weitere Container und Bäume, die über sie hinausragten. Es blitzte erneut, und der Donner rollte über den Wald und ließ die Luft vibrieren.

»Sie werden dich verfolgen. Das kann ich nicht verhindern«, warnte McParker noch.

»Danke!«, sagte Habicht, mehr fiel ihm nicht ein.

McParker nickte nur nervös, schob die Tür auf und spähte hinaus. »Beeil dich! Deine Minute läuft!«, verabschiedete er sich.

Habicht rannte los. Hinter sich hörte er ein dumpfes Geräusch. Beim Blick über die Schulter sah er, wie McParker seine Stirn mit Wucht ein zweites Mal gegen den Türrahmen knallte, offenbar um Verletzungen vorzutäuschen, die Habicht ihm bei seiner Flucht zugefügt hätte. – Einer Flucht, von der Habicht kaum glaubte, dass er sie überleben würde.

Kapitel 31
Fluchtversuch

Rolf Habicht drückte sich an die Metallwand eines Containers und spähte um die Ecke. Eins, zwei, drei, vier, fünf, sechs, sieben, acht Container zählte er. Den Abstand zwischen ihnen schätzte er auf je fünf Meter. Nun konnte Habicht die Strecke recht genau einschätzen, die er bis zum Fuhrpark zurücklegen musste. Aus seiner Zeit im Irak wusste er noch, dass das Militär 20-Fuß-Container favorisierte. Sie entsprachen einer ISO-Norm und wiesen die exakten Maße von 20 Fuß mal 8 Fuß mal 8 Fuß 6 Inch auf. Auch wenn die Hairesis-Initiative kein Teil des Militärs war, sondern ein privates Militärdienstleistungsunternehmen, so ging Habicht davon aus, dass diese Container die gleiche Größe aufwiesen. Denn diese Abmessungen eigneten sich international für alle Land-, Wasser- und Lufttransportsysteme, was die schnelle und weltweite Verlegung eines Feldlagers erleichterte.

Deine Zeit läuft, erinnerte sich Habicht, spähte um die Ecke und rannte los zum nächsten Container. Nochmal: Um die Ecke spähen, rennen, sich an die Wand des nächsten Containers drücken. Er hörte Männerstimmen und schob vorsichtig den Kopf vor. Da standen zwei Uniformierte, aber mit dem Rücken in seine Richtung. Es riskieren oder abwarten?, fragte sich Habicht und gab sich sogleich die Antwort. Deine Zeit läuft ab! Noch einmal ein letztes Spähen, dann losrennen. McParkers Stimme klang durch den dunklen Wald: »*Gefangener entkommen!*«

Habicht blieb nicht mehr stehen, Vorsicht wich Risikobereitschaft. Alles oder nichts! Vor ihm tauchten die Geländewagen des Fuhrparks auf, er fand das Auto, von dem McParker gesprochen hatte. Die Tür ließ sich öffnen, der Zündschlüssel lag, wie versprochen, auf der Sonnenblende. Habicht zog die Tür zu, schnallte sich an, startete den Motor und gab Vollgas.

Die Reifen drehten auf dem Waldboden kurz durch, dann raste das Auto auf die Büsche zu. Zweige strichen wie riesige Skeletthände über die Scheiben, Äste schrammten an der Karosserie vorbei. Der Wagen verfing sich in etwas, schlingerte, und nachdem er sich losriss, machte er einen Satz nach vorn und durchbrach weitere Büsche.

Dann endete der Wald abrupt. Mais ragte wenige Meter vor ihm auf. Er gab Gas und steuerte den Wagen in das Maisfeld. Ein riesiger, violetter Blitz zuckte quer über den dunklen Himmel und blendete Habicht, er kniff kurz die Augen zusammen. Die Maispflanzen huschten an den Fenstern vorbei und erzeugten ein unaufhörliches Rattern, wenn sie gegen das Blech des Geländewagens schlugen. Habicht beschleunigte. Viel mehr als die

Maishalme, die im Licht der Autoscheinwerfer niedergedrückt wurden, sah er nicht. Wo stand diese verdammte Kornmuhme? Panisch blickte er umher. Ein weit verästelter Blitz erhellte den Himmel, und vor dessen Licht malte sich kurz die Silhouette der Kornmuhme ab, deren Lumpenkleid wild im Wind flatterte.

Habicht korrigierte seinen Kurs und atmete auf. Dann der Schock: Im Rückspiegel bemerkte er auf der Schneise, die er durch das Maisfeld zog, die Scheinwerfer eines weiteren Geländewagens, der rasendschnell näherkam. Habicht fluchte, trat das Gaspedal erneut durch, doch sein Verfolger wurde im Rückspiegel schnell größer. Ein verästelter Blitz glühte am Himmel auf, in dessen Licht sah Habicht, wie jemand eine Dachluke im anderen Wagen aufschlug, hervorkletterte und eine Maschinenpistole in Stellung brachte. Habicht scherte scharf nach links aus und trat auf die Bremse. Nur Sekunden später schnellte der Wagen an ihm vorbei. Habicht gab wieder Vollgas und steuerte nach rechts.

Hatte er sie abgehängt? Wenn ja: Für wie lange? Wo war jetzt wieder diese Kornmuhme, die ihm den einzigen Orientierungspunkt bot?, überlegte Habicht, während er planlos durch das Feld raste. Da waren sie plötzlich wieder, die rot leuchtenden Augen der Kornmuhme. Sie stand nur noch gut hundert Meter vor ihm. Der andere Geländewagen tauchte wie aus dem Nichts neben Habichts Seitenfenster auf. Blech kreischte, als die Fahrzeugflanken aneinandergerieten. Habicht kurbelte das Lenkrad zur Seite, versuchte abzudrehen. Seine Verfolger ließen sich zurückfallen, doch offenbar nur, um in eine bessere Schussposition zu gelangen.

Ohne etwas dagegen tun zu können, musste Habicht im Rückspiegel mit ansehen, wie der Mann die Maschinenpistole auf ihn richtete. Habicht fuhr Schlenker, hoffte so, aus der Schusslinie zu kommen. Die Schüsse zerschlugen das Blech am Heck seines Autos und ließen die Scheibe mit einem Klirren zerspringen. Habicht duckte sich, gab Gas. Weitere Schüsse. Die Windschutzscheibe zerbarst. Habicht neigte seinen Kopf nach unten, versuchte, sich mit einer Hand gegen die herumfliegenden Glassplitter zu schützen. Kühler Wind und Regen peitschten durch die zerborstene Heckscheibe ins Innere der Fahrerkabine. Habicht stellte sich auf eine weitere Salve ein, eine, die *ihn* diesmal zersieben würde.

Ein helles Licht. Ein unvorstellbar lauter Knall. Habicht verstand nicht, was passierte. Er trat immer noch auf das Gas und raste durch den Mais. Keine Schüsse mehr. Er riskierte einen Blick in den Seitenspiegel: Der andere Geländewagen stand schräg im Feld, der Mann mit der Maschinenpistole hing wie eine kaputte Puppe halb vom Wagendach. Ein Blitzschlag? Habicht konnte es nicht glauben. Er traute sich wieder aus seiner Deckung hervor und richtete sich auf. Trotz Regen und Wind, die ihm ins Gesicht schlugen, sah er die Kornmuhme, die hoch in die Gewitternacht aufragte. »Gleich ist dieser Horror vorbei!«, murmelte er.

Kurze Zeit später endete das Maisfeld, und er erkannte im Licht der Scheinwerfer die Straße. Aber was jetzt? Denen – im wahrsten Sinne des Wortes – das Feld überlassen? Auf keinen Fall! Habicht hatte miterlebt, dass Container in einem Feldlager, ähnlich wie das, aus dem er gerade entkommen war, innerhalb von weniger als einer Stunde auf- beziehungsweise abgebaut werden konnten. Was war, wenn Boldar in den nächsten Minuten gewissermaßen das Gewitter »ausschaltete«, damit der Monster-Mähdrescher aus seinem Schuppen kriechen konnte und das Maisfeld noch vor Sonnenaufgang verschwinden ließ?

Habicht stieg aus, zog den Kopf gegen den kalten Regen ein und rannte um den Geländewagen herum. Er wuchtete die von den Einschüssen zersiebte Klappe des Kofferraums auf. Darin fand er eine glänzende Metallkiste, die von den Schüssen, außer ein paar Dellen, nichts abbekommen hatte. Er ließ ihre Schnappschlösser aufspringen: Handschuhe, einen Schutzanzug und eine Atemmaske zog er heraus, eine ähnliche Ausrüstung wie jene, die er in dem Fach des Spezialmähdreschers vorgefunden hatte. Würde das reichen, um ihn vor den Allergenen zu schützen? »Du bist irre!«, murmelte er, während er sich bereits in den Schutzanzug zwängte, um sich anschließend die Handschuhe überzustreifen und den Atemschutz aufzusetzen. Habicht knallte den Kofferraum zu und lief zur Fahrertür.

Der Geländewagen bahnte sich seinen Weg durch den Tunnel der vier Meter hohen Riesenmaispflanzen. Habicht spürte beim Fahren, dass sich der Geländewagen durch diesen Teil des Feldes hindurchquälte, die Halme waren dicker und offenbar fester. Ob gerade massenhaft diese fototoxische Substanz freigesetzt wurde?, fragte er sich, denn schließlich zerstörte der kantige Geländewagen etliche Pflanzen. Im Dunkeln sah das Feld noch bedeutend bedrohlicher aus als bei Tageslicht, dachte Habicht.

Er stoppte das Fahrzeug, ließ den Motor jedoch laufen und sprang hinaus. Vorsichtig brach er mit seiner behandschuhten Hand einen bunten Maiskolben ab und tütete ihn ein. Vier weitere von jeweils einer anderen Pflanze ließ er in verschiedenen Tüten verschwinden. Jede knotete er fest zu und packte sie in eine weitere Tüte, bevor er alles im Kofferraum verstaute und sich wieder hinter das Steuer setzte. Er wendete den Wagen und fuhr so schnell es ihm möglich war über die selbst gezogene Schneise zurück durch das nächtliche Feld.

Kapitel 32
Botanischer Garten, Heinrich-Heine-Universität Düsseldorf

Die Schmerzen sind vermutlich das Einzige, was mich davon abhält, im Stehen einzuschlafen, dachte Rolf Habicht, während er auf die futuristisch anmutende Glaskuppel des Botanischen Gartens an der Heinrich-Heine-Universität zutrottete.

Wann hatte er das letzte Mal eine so üble Kombination aus Erschöpfung, Muskelkater und Kopfschmerzen gehabt? In dem Militärcamp, in dem er sich auf seinen Einsatz als Kriegsberichterstatter vorbereitet hatte? Vermutlich. Erst ein Bier, dann ins Bett – viel mehr wünschte er sich gerade nicht. Und es machte ihn stolz, die Stärke aufzubringen, weder dem einen noch dem anderen Wunsch nachzugeben.

Der Kamerarucksack auf seinem Rücken schien zwanzig Kilogramm mehr zu wiegen als sonst. Auch seine Augenlider waren schwer, er konnte die Schönheit dieses fantastischen Außengeländes mit seiner Wildblumenwiese nicht genießen. Nach der vergangenen Horrornacht fühlte er sich wie ein Zombie. Vermutlich sah er für die Studierenden, die ihm entgegenkamen, auch so aus, zumindest erntete er immer wieder irritierte bis mitleidige Blicke.

Heute würde er nicht mehr vor die Kamera treten, aber das war in seinem Plan auch nicht vorgesehen. Für seine Reportage brauchte er vorerst nur Dr. Luise Lapasse, mit der er bereits vor fünf Minuten verabredet gewesen wäre. Sie wartete schon am Eingang, der in den bis zu 18 Meter hohen Glaskuppelbau führte.

»Ich hoffe, das, was Sie mir mitgebracht haben, ist so spektakulär, wie es heute Morgen um fünf Uhr klang, als Sie mich anriefen!«, begrüßte ihn Lapasse.

»Habe ich Sie jemals enttäuscht?«, fragte Habicht.

Lapasses Antwort war ein Naserümpfen, als habe ihr ein unangenehmer Geruch in die Nase gestochen.

Habicht zog bereits das Stativ aus dem Rucksack und suchte einen geeigneten Drehort, der die besondere Atmosphäre des Glaskuppelbaus einfing und trotzdem frei von störendem Gegenlicht war.

»Lassen Sie es uns so machen: Wir unterhalten uns, und Sie vergessen einfach, dass ich das Ganze auch noch filme«, schlug Habicht vor, wobei er sich darüber wunderte, dass er trotz der bleiernen Müdigkeit plötzlich doch wieder so energiegeladen und motivierend klang.

Lapasse stellte sich dorthin, wo er sie hindirigierte und zog, wie angeordnet, Latexhandschuhe über.

Habicht startete die Kamera und gab ihr eine der Plastiktüten. Lapasse griff hinein, zog einen der bunten Maiskolben heraus, betrachtete die farbigen Körner und blickte dann wieder zu Habicht. Ihre Mimik schwankte zwischen Verwunderung und Wut.

»*Bunter Mais?* Was soll daran besonders sein? Diese Sorte heißt ‚glass gem corn'. Im Deutschen finden Sie verschiedene Namen: ‚Glasperlenmais', ‚Diamantenmais' oder ‚Regenbogenmais'. Der Ursprung ist schnell erklärt: Ein Halb-Cherokee-Indianer, namens Carl Barnes, nutzte für seine Zucht ganz einfach nur die schillernsten und buntesten Körner. Das Saatgut können Sie ohne Probleme im Internet bestellen«, erklärte sie.

Habicht war wie vor den Kopf gestoßen. »Okay, aber Mais führt nicht zu Verbrennungen, die Ärzte für die Folgen eines Kontakts mit einem Herkuleskraut halten, oder? Und wenn jemand, wie mein Sohn Piet oder ich, keine allergische Reaktion auf Mais zeigt und kilometerlang durch solche Felder wandern kann, ohne einen allergischen Schock zu erleiden – aber bei diesem ‚Mais' schon«, er zeigte auf den bunten Kolben in Lapasses Hand, »dann frage ich mich, ob das überhaupt noch Mais ist.«

Lapasse schwieg nachdenklich, dann schlug sie vor: »Erzählen Sie mir jetzt erstmal alles, was Sie wissen und erlebt haben.«

Habicht atmete tief durch. »Okay. Los geht's.«

Das, was Habicht Lapasse berichtete, ließ deren Mimik von zunächst skeptisch zu interessiert und nachdenklich wechseln. Bei dem Bericht über das, was Boldar und McParker ihm verraten hatten, bemerkte Habicht sogar Besorgnis in ihrem Gesicht.

»Können Sie sich einen Reim darauf machen?«, endete Habicht. Ihre Reaktion überraschte ihn. »Oh ja, das kann ich. Das Zauberwort heißt ‚CRISPR'. Dahinter verbirgt sich ein Entwicklungssprung in der Gentechnik, der verblüffend oder schockierend ist, je nachdem, wie man das sieht.«

»Wie erklären Sie das jemandem, der nur die Hälfte versteht und das auch noch falsch?«, fragte Habicht nach.

»Am besten gar nicht«, schnappte Lapasse, »aber heute mache ich eine Ausnahme.«

Sie überlegte einen Moment und erklärte dann: »Sie können mit einem Textverarbeitungsprogramm ein Wort suchen und finden, um es dann zu verändern oder zu löschen. Das ist bekanntlich ziemlich simpel. Was weniger bekannt ist: CRISPR funktioniert in etwa genauso einfach, obwohl wir hier von Genveränderungen sprechen.«

»Ich nehme an, Sie meinen ‚einfach' für ein Forscherteam, das ein teures Labor und Monate oder Jahre Zeit hat«, vergewisserte sich Habicht.

»Seit es das CRISPR-Verfahren gibt, dauert es normalerweise nur noch Tage. Die Ausstattung finden Sie inzwischen auch in kleineren Laboren. Und glauben Sie mir: Das ist wirklich so einfach, dass die Biologiestudenten, die Ihnen auf dem Weg entgegengekommen sind, es bereits können. Schneller, billiger, effizienter war Genchirurgie noch nie. Wir reden hier von Materialkosten in Höhe von kaum ein paar hundert Euro«, erklärte Lapasse.

Habicht war fassungslos, trotzdem schaffte er, einen provokativen Vorschlag zu formulieren:

»Klingt nach einer Geschäftsidee, oder? Sozusagen: ‚Gentechnik für Zuhause'!«

»Da sind Sie zu spät«, gab Lapasse trocken zurück. »In den USA haben Unternehmen schon CRISPR-Baukästen auf den Markt gebracht. Die Zielgruppe: Laien. Die können dann beispielsweise ‚nur' in bestimmten Bakterien ein Gen austauschen, was dann dazu führt, dass diese Bakterien danach auf einem bestimmten Nährboden wachsen. Daran sieht man schon, wie einfach das Grundprinzip ist.«

»Okay, was könnte ein Unternehmen erreichen, das im Bereich ‚Smart Farming' die Welt nach eigenen Maßstäben verbessern will?«, fragte Habicht.

»Ganz generell kann man Gene von einer Spezies auf eine andere übertragen.«

»Und somit auch Eigenschaften vom Herkuleskraut in Mais übertragen«, folgerte Habicht.

Lapasse nickte. »*Und* Gene einer anderen Art, auf die Sie und Ihr Sohn zufällig allergisch reagieren«, fügte sie hinzu. »Das geht, weil die DNA aller Lebewesen aus der gleichen Art biologischer Bausteine besteht.«

»Aber kommt Ihnen als Wissenschaftlerin die Vorstellung nicht merkwürdig vor, dass jemand eine so irre Verbindung zusammenrührt?«, hakte Habicht nach.

Lapasse beantwortete die Frage nur indirekt: »Mit CRISPR haben Forscher Bakterien dazu gebracht, Arzneimittel zu produzieren. Andere lassen so Pflanzen Industriestoffe herstellen. Oder sie verleihen Pflanzen die Fähigkeit, sich gegen Fressfeinde zu wehren.«

In Habichts Erinnerungen blitzten unweigerlich die Bilder der toten Käfer auf dem Feldboden auf, nachdem er und Russo den Schuppen verlassen hatten.

Lapasse redete unterdessen unbeeindruckt weiter: »Es gibt inzwischen Hefepilze, die Sprengstoff registrieren können. Aber CRISPR macht auch vor höheren Lebewesen nicht Halt. So wurden Haus- und Nutztiere mit optimalen Eigenschaften geschaffen, beispielsweise im Dunkeln leuchtende

Zierfische, abnorm muskulöse Hunde oder Lachse, die sehr schnell wachsen.«

Habicht nickte, dachte nach.

»Ich werde die Kolben mal im Labor untersuchen. Und auch, wenngleich es gefährlich werden könnte: Ich möchte mir die Halme dieser modifizierten Maispflanzen mal ansehen. Also packen Sie mal Ihre Kamera ein, und wir fahren zu dem Feld, von dem Sie die ganze Zeit sprechen«, schlug Lapasse vor.

Habicht zog überrascht die Brauen hoch, doch sah er sofort das Potential, das solche Szenen für die entstehende Dokumentation haben würden.

R.E.M.s »bad day« erklang, Habicht nahm den Anruf entgegen. »Verdammt, Rolf, in was für ein Wespennest hast du denn da schon wieder gestochen?«, hörte er Les Russos aufgeregte Stimme. Sein Redaktionsleiter ließ ihm keine Gelegenheit zu antworten.

»Wir hatten im Sender heute hochrangigen Besuch. Genauer gesagt waren es Leute vom MAD.«

»Vom MAD? Dem Militärischen Abschirmdienst? Was wollten die denn?«, platzte es aus Habicht hervor.

Wenn Anwälte der Hairesis-Initiative versuchen würden, Druck auszuüben, hätte ihn das wenig überrascht. Im Gegenteil: Er war sogar davon ausgegangen, dass so etwas passieren würde, was für ihn jedoch nur eine Bestätigung dafür gewesen wäre, an der richtigen Stelle zu bohren. Aber der Militärische Abschirmdienst war eine Verfassungsschutzbehörde, dem Verteidigungsministerium unterstellt und für die Arbeit eines abwehrenden militärischen Nachrichtendienstes verantwortlich.

»Vermutlich ist das Verteidigungsministerium Kunde bei einer der Firmen des Wirtschaftsimperiums der Hairesis-Initiative«, spekulierte Russo.

»Das würde passen. Ich vermute, die lassen sich ihre Projekte von staatlicher Seite finanzieren und liefern sicher auch fristgerecht ab. Aber von allem, was sie entwickeln, haben die Kopien und Doubletten, die sie an ihrem Tag X nutzen werden«, überlegte Habicht laut.

Russo seufzte vernehmlich. »Das klingt logisch. Denn nur so hätte die Hairesis-Initiative eine Chance, den MAD dazu zu bringen, sich für ihre privatwirtschaftlichen Interessen einzusetzen. Wie auch immer: Der MAD macht Druck und zwar gewaltig. Ich weiß nicht, wann die Ersten hier einknicken. Deshalb rufe ich dich an. Die Jungs vom MAD haben eben erst mein Büro verlassen, aber die werden keine Zeit verlieren. Liefere also so schnell wie möglich belastendes und belastbares Material. Okay? Anderenfalls wird das alles ein böses Ende nehmen.«

Kapitel 33

Letzte Chance

Emma steuerte Rolf Habichts Van über den holprigen Feldweg. Luise Lapasse hielt sich an ihrem Sitz fest, Habicht bereitete seine Handkamera vor, Piet saß angegurtet auf der Rückbank und blickte aus dem Seitenfenster.

»Was ist denn *da* passiert?«, fragte er kopfschüttelnd und zeigte mit seiner kleinen Hand aus dem Fenster.

Habicht beugte sich vor, soweit es sein Sicherheitsgurt zuließ, und spähte hinaus. Irgendwas ist anders, bemerkte er. Dann verstand er, und sein Magen krampfte sich zusammen:

Die Landschaft sah deswegen verändert aus, weil ein hochgewachsenes Maisfeld verschwunden war. Habicht fluchte, denn die plötzliche Ernte bedeutete, dass die Hairesis-Initiative bereits Beweismittel weggeschafft hatte, bevor sie heute den MAD auf den Sender gehetzt hatte.

Der Knoten in seinen Eingeweiden zog sich noch weiter zu, als er bemerkte, auf was Piet ihn aufmerksam machen wollte. In den Weiten des Stoppelfeldes erkannte er eine betongraue Fläche von geschätzt 70 mal 50 Metern. Die verwitterte Scheune mit den vernagelten Fenstern und dem vermoosten Schindeldach musste dort gestanden haben.

In diesem Moment war sich Habicht sicher, dass auch die Container des Feldlagers im Hardter Wald längst in einem LKW-Konvoi über irgendeine Autobahn auf dem Weg in ein Depot waren, wo sie auf ihren nächsten Einsatz warten würden.

»Kann der Van nicht schneller fahren?«, fragte er Emma.

Wie als Antwort erstarb der Motor stotternd. Emma startete ihn erneut, doch der Motor verstummte sofort wieder.

»Du kennst deinen blöden Van besser als ich, schließlich begleitet er dich seit über 15 Jahren«, gab Emma gereizt zurück. »Und falls du es schon vergessen hast: Er ist erst kürzlich von einem Tornado umgeworfen worden. Ich hätte das Ding ja dem Schrotthändler anvertraut, aber Les Russo hat ihn auf Senderkosten reparieren lassen. Doch ich befürchte, auf die Kiste ist kein Verlass mehr.«

Sie drehte den Zündschlüssel erneut, der Motor startete und lief.

»Ich weiß gar nicht, was du meinst«, entgegnete Habicht. Emma fuhr so heftig an, dass Habicht in seinen Sitz gedrückt wurde.

»Gleich sind wir da!«, sagte er an Lapasse gewandt.

»Ich lasse euch da hinten raus«, beschloss Emma. »Durch den Mais möchte ich nicht fahren. Wenn sich eine Maispflanze im Fahrwerk deines Nostalgie-Vans verheddert, dann haben wir das nächste Problem.«

Wenige Augenblicke später hielt der Wagen neben dem Maisfeld, Habicht und Lapasse kletterten aus der Seitentür. Unter Piets begeisterten Blicken streiften sie weiße Overalls und Handschuhe über, die diesmal von der Heinrich-Heine-Universität stammten.

»Viel Glück!«, rief Piet und winkte. Habicht erschien das wie ein schlechtes Omen.

Rolf Habicht hielt sich einige Schritte hinter Lapasse und filmte ihren Weg im Gehen. Die verwackelten Aufnahmen würden sich später gut in das Storytelling seiner Reportage einfügen lassen, war er überzeugt. Auf dem Display wirkte Lapasse in ihrem weißen Schutzanzug wie eine Astronautin, die über einen exotischen Planeten streifte.

»Direkt da vorne!«, rief Habicht und kippte die Kamera für einen Augenblick in einen spitzen Winkel, um die Höhe des Maistunnels einzufangen, der sich einige Meter vor ihnen öffnete.

Lapasse drehte sich zu ihm um. »Was wir bis jetzt durchquert haben, war definitiv völlig normaler Mais, wie er zur Gewinnung von Tierfutter angebaut wird«, erklärte die Botanikerin. »Ich vermute, dass die einen Außenring mit diesen konventionellen Pflanzen angelegt haben und dahinter die modifizierten. Das würde auch erklären, warum Sie nur in bestimmten Abschnitten allergisch reagiert haben.«

Sie betrat den Pflanzentunnel. Habicht schwenkte die Kamera sanft von links nach rechts, um die bunten Maiskolben zu dokumentieren, selbst wenn Lapasse deren Farbenpracht als wenig spektakulär eingestuft hatte.

Die Wissenschaftlerin zog eine Pflanzenschere aus einer Bauchtasche, gleichzeitig schrillte Habichts Handy in seiner Hosentasche. Am Klingelton erkannte er, dass es Emma war. Und die Tatsache, dass sie ihn bei den Dreharbeiten anrief, machte unmissverständlich klar, dass es sehr wichtig sein musste. Umständlich schob er eine Hand in seinen Overall, und fingerte sein Mobiltelefon aus der Hosentasche.

»*Kommt sofort zurück!*«, hörte er Emmas aufgeregte Stimme. »Hier sind eben fünf Jeeps über das Feld gerast. Sie sahen aus wie Militärfahrzeuge, hatten aber zivile Kennzeichen und keine Abzeichen!«

Sie musste nicht weitersprechen, damit Habicht verstand, dass Leute vom Geschäftsbereich für Militärdienstleistungen der Hairesis-Initiative anrückten.

»Wir kommen sofort!«, gab er zurück.

Lapasse schnitt schnell, aber vorsichtig einen Stengel durch. »Schauen Sie sich diesen Saft und die Halmstruktur an!«, rief die Botanikerin aufgeregt und hielt den durchtrennten Halm vor die Kamera. »Das sieht wirklich fast so aus, als hätte ich den Stängel eines Herkuleskrauts durchtrennt!«

Habicht machte einen Schritt zurück, um Lapasse in ihrem Umfeld zu filmen, als er auf dem Display der Kamera hinter Lapasse, vor dem blauen Himmel, schwarze Rauchschwaden bemerkte.

»Scheiße, wir müssen weg! Die fackeln uns ab!«, rief Habicht.

Lapasse drehte sich um, sah die Rauchfahne und wandte sich hektisch wieder den Maispflanzen zu. Sie riss ein paar Blätter ab und ließ sie, wie die Stücke des Stängels, in Plastiktüten verschwinden. Dann hockte sie sich hin, packte einen weiteren Maisstängel oberhalb der Wurzel und zerrte daran.

Wer denkt, dass Journalisten Kopf und Kragen für Informationen riskieren, der kennt noch keine Wissenschaftler, dachte Habicht.

»Ich sag' sowas fast nie, aber das ist es nicht wert!«, rief er flehend.

Endlich hielt Lapasse die ausgerissene Wurzel in der Hand. Sie schnitt den Stängel bis auf etwa zwei Fingerlängen ab und ließ Wurzel und Stumpf in einem weiteren Plastikbeutel verschwinden.

»Jetzt aber los!«, befahl Habicht, drehte sich um und sah eine weitere Rauchwolke in der Richtung aufsteigen, aus der sie gekommen waren. Verzweifelt drehte er sich um die eigene Achse. Eine dritte Rauchsäule! Sein Handy klingelte, es war Emma: »Kannst du die Kornmuhme sehen?«

»Ja!«

»Lauft dahin! Das ist der einzige Orientierungspunkt weit und breit! Ich hole euch da ab!«

Sie legte auf.

»Da lang!«, erklärte Habicht.

Die schwarzen Rauchschwaden wurden schnell größer. Sie rochen bereits das Feuer, es regnete Ascheteilchen, die wie Schnee durch die Luft wirbelten. Wir werden es nicht schaffen, doch schlimmer noch: Emma wird sich und Piet mit der motorisierten Schrottlaube in Lebensgefahr bringen, befürchtete Habicht. Nun hörten sie das Prasseln des Feuers. Keine Chance. Wir werden alle sterben.

Habicht drehte den Kopf über die Schulter, um zu sehen, ob die kleine Frau noch mithielt und blieb wie angewurzelt stehen. Nur noch weniger als dreißig Meter hinter ihnen brannte der vier Meter hohe Mais, die Flammen schlugen bis weit darüber in die Luft. Und die Feuerwalze kam näher. Durch Habichts unerwarteten Stopp prallte Lapasse mit ihm zusammen. Der Stoß ließ ihn seine Starre überwinden. Sie rannten weiter. Die Gewissheit, dass ihr Leben davon abhing, verlieh ihnen ungeahnte Kräfte.

Plötzlich standen sie auf der Lichtung mit der Kornmuhme. Weißgraue Ascheteilchen wirbelten durch die Luft, viele davon glühten noch. Verzweifelt sahen sie sich um. Zu dem lauter werdenden Prasseln und Knistern kam ein Motorengeräusch, dann brach der verbeulte Van aus dem Mais hervor. Sie rannten auf den Wagen zu und kletterten durch die Seitentür hinein.

Emma trat das Gaspedal durch, noch bevor sie die Tür zugezogen hatten. Der Geruch von Rauch hing im Wageninneren. Emma beschleunigte. Wind trieb Rauchschwaden über das Feld. Für einen Moment konnten sie nichts als Schwärze vor den Fenstern sehen, dann wieder Mais, bevor die nächste Rauchwolke sie umhüllte. Sie verzog sich und gab nach und nach den Blick auf den Mais frei, in dem vielleicht fünfzig Meter vor ihnen ebenfalls gelb-orange Flammen wüteten. Der Brand schnitt ihnen von links den Weg ab. Panisch lenkte Emma den Wagen nach rechts, gab Gas, doch sie mussten durch die Windschutzscheibe mit ansehen, wie das Feuer sich schnell, immer weiter durch das Feld fraß.

»Okay, alle festhalten!«, schrie Emma, packte das Lenkrad noch fester und trat erneut aufs Gas. Der Wagen machte einen Satz und raste auf die Feuerwand zu, bevor der Motor röchelnd den Geist aufgab. Emma fluchte, schlug mit den Fäusten gegen das Lenkrad. Sie drehte den Zündschlüssel. Ein hustender Motor, der sofort wieder seinen Dienst verweigerte. Das Feuer vor ihnen wuchs in die Höhe, als wäre es ein Wesen, das seine Macht und Überlegenheit demonstrieren wollte.

Habicht drehte sich um. Im Rückfenster erblickte er die Kornmuhme. Ihr zerlumptes, schwarzes Kleid loderte und ließ sie lebendiger als je zuvor aussehen. Habicht war sich in diesem Moment nicht sicher, doch glaubte er sogar zu sehen, dass die Augen der Kornmuhme noch rot leuchteten.

Mit röchelndem Motor und einem Ruck fuhr der Van endlich wieder los. Emma hielt die Luft an, sie rasten auf das Feuer zu. Habicht streichelte Piets Haarschopf und schob behutsam dessen Kopf an seine Brust, während brennende Maiskolben und

-blätter an der Karosserie vorbeikratzten und der Blick aus dem Fenster dem in das Innere eines Kamins glich. Die Temperatur stieg, sie rochen Rauch, der im Hals kratzte und in den Augen brannte. Sekunden später war es so, als würde das riesige Feuer sie einfach ausspucken. Plötzlich wurde um sie herum das weite Stoppelfeld sichtbar, über das Rauchschwaden trieben.

»Wir haben es geschafft«, hörte sich Habicht murmeln, er konnte es kaum glauben. Emmas Vollbremsung riss ihn aus seinen Gedanken. Sie sprangen aus dem Van, Emma und Habicht jeweils mit einem Feuerlöscher im Anschlag. Eilig kontrollierten sie, ob sich irgendwo brennender Mais am Wagen verfangen hatte. Sie fanden nichts und ließen sich völlig erschöpft auf dem Stoppelfeld nieder. Von hier aus hörten sie das Prasseln des Feuers, von weit her die Martinshörner heranrasender Feuerwehrautos.

»Die haben Mama und ich gerufen, bevor wir euch abgeholt haben!«, rief Piet fröhlich aus der Wagentür. »Kann ich zusehen, wie sie löschen?«, bat er.

Habicht raffte sich auf, suchte mit Blicken, wo die Einsatzfahrzeuge hinfuhren. Ob es überhaupt genug waren für einen so großflächigen Brand? Wohl kaum. Das Feld würde noch vor Sonnenuntergang vollkommen niedergebrannt sein. Offenbar zog die Hairesis-Initiative die Vernichtung von Beweismaterial dem Erhalt ihrer modifizierten Maispflanzen vor.

Luise Lapasse stapfte wütend auf Habicht zu. Sie boxte ihn in die Seite: »Ich wusste immer, dass Sie mich umbringen wollen!«, schrie sie.

»Sie haben mich durchschaut!«, konterte Habicht ironisch.

»Mama, bevor die Feuerwehr löscht, möchte ich nochmal mit dem Auto durchs Feuer fahren. Okay?«, rief Piet aus dem Auto.

Lapasse schüttelte fassungslos den Kopf, sie rang nach Worten. »Der Kleine da«, sie zeigte auf Piet, »ist hübscher als Sie, aber einen Vaterschaftstest können Sie sich sparen!«

Habichts Smartphone vibrierte. Eine Nachricht von Les Russo: »Rolf, die vom MAD waren schon wieder hier! Die wollen deine, Emmas und meine Karriere zerstören! Du wirst mehr brauchen als nur ein paar Pflanzenproben! Ich rechne damit, dass unser Intendant spätestens heute Abend einknickt, wenn du nicht wirklich etwas zu bieten hast! Pass auf dich auf!«

Emma trat neben Habicht und filmte das Feuer mit der Handkamera.

»Glaubst du, du hast deine Story?«, fragte sie, nachdem sie die Kamera ausgeschaltet hatte.

Habicht blickte kurz auf das Smartphone in seinen Händen. »Nein.«

Er klang fast schon belustigt, doch die Bitterkeit war in seiner Stimme nicht zu überhören.

»Der Schluss fehlt noch. Mal sehen, ob's ein Happy End wird.«

Kapitel 34

Der Anfang

Die Sonne stand bereits tief, ihre letzten Strahlen des Tages trafen auf die verkohlten Überreste des Maisfeldes. Der Geruch von Rauch und Asche lag noch schwer in der Luft. Die zerstörte Landschaft passt hervorragend zu meinem Gefühlsleben, dachte Habicht.

Gleich würde sich entscheiden, ob er eine Chance bekommen würde, die begonnene Reportage fertigzustellen, oder ob er abbrechen müsste. Sollte er seinen Dokumentarfilm tatsächlich verwirklichen und ins Fernsehen bringen können, wollte Habicht ihn »Feuerernte« nennen. Doch das stand noch alles in den Sternen. Sicher war nur: Wenn seine Rechercheergebnisse nicht zu hundert Prozent wasserdicht wären, würde er Schiffbruch erleiden.

Eines galt es jetzt noch zu versuchen. Das Ergebnis könnte sich als rettende Insel erweisen oder als Eisberg, gegen den er krachen würde. So oder so: Die Hairesis-Initiative und der MAD waren Haie, die um ihn kreisten und nur darauf warteten, dass er sich zu weit vorwagte.

»Wo wollen wir eigentlich hin?«, fragte Piet, den Habicht auf dem Arm trug, um zu verhindern, dass er in irgendein Glutnest trat. Emma ging neben ihm. Piet packte Habichts Gesicht mit beiden

Händen und drehte dessen Kopf so, dass er direkt Piet ansehen musste.

»Was ist denn los? Du bist so anders?«, fragte Piet lauter, als es nötig gewesen wäre.

Der Kleine spürt offenbar meine Anspannung, dachte Habicht und log: »Ich suche Feuerwehrautos. Siehst du welche?«

»Ja. Da ist eins! Da vorne ist noch eins und da hinten sind zwei!«, erklärte Piet und beugte sich jedes Mal so weit in die Richtung vor, dass Habicht Mühe hatte, den Jungen sicher zu halten. »Und da hinten ist ein Polizeiauto!«, jubelte Piet.

»Genau da wollen wir hin!«, erwiderte Habicht, und das war nicht gelogen.

»Ich nehme Piet ab hier«, beschloss Emma.

Rolf Habicht schritt auf den Polizeiwagen zu, neben dem drei Männer standen, von denen einer außergewöhnlich groß war. Land in Sicht oder Eisberg voraus – gleich werde ich es erfahren, dachte Habicht und begrüßte die drei Männer. In den Blicken der drei las er das, was ihm beinahe täglich widerfuhr: Die Leute erkannten ihn nicht, wussten aber, dass sie ihn irgendwo schon häufiger gesehen hatten. Seine taktlose Art im Fernsehen sorgte oft dafür, dass der Moment des Erkennens in Ablehnung endete.

»Sie sind doch der Journalist Rolf Habicht!«, stellte einer der drei mit Überraschung und Verärgerung in der Stimme fest.

»Und Sie sind der Polizist Oskar Pelzer«, gab Habicht zurück.

Pelzers nächste Frage verdeutlichte Habicht nur noch mehr, dass er jetzt in gefährliche Gewässer geriet.

»Sie haben doch mal vor 15 Jahren, oder so, die Leben Ihres TV-Teams riskiert, als Sie sich für eine Reportage in einem Kleinbus verschanzt hatten, um Neonazis zu filmen, oder?«

»Genau der bin ich!«, sagte Habicht so schwungvoll, als hätte Pelzer sich als Fan geoutet und um ein Autogramm gebeten. »Der Van steht ein paar hundert Meter hinten am Feldrand.«

»Das Ding fährt noch?«, fragte Pelzer stirnrunzelnd.

»Klar, ich habe nie Probleme mit ihm gehabt«, behauptete Habicht.

»Und Sie kommen extra her, um mir das zu erzählen?«, fragte Pelzer.

Jetzt wird's richtig ernst, merkte Habicht.

»Ich denke, dass es Sie interessiert, wer hinter der Brandstiftung hier steckt«, zog Habicht sein erstes Ass aus dem Ärmel.

»Wie kommen Sie auf Brandstiftung?«, fragte Pelzer sofort.

»Das Feuer ist an mehreren Stellen fast gleichzeitig ausgebrochen. Außerdem hat es in den letzten Tagen genug geregnet, dass da schon eine ganz ordentliche Menge Brandbeschleuniger im Spiel gewesen sein muss«, argumentierte Habicht weiter.

Pelzer betrachtete Habicht immer noch misstrauisch. Dabei war Habicht überzeugt, dass Pelzer längst selbst davon ausging, dass hier ein Fall von Brandstiftung vorlag. Bereits dessen Anwesenheit ließ sich als Indiz für diese Annahme deuten: Habicht wusste, dass Pelzer der Kriminalpolizei angehörte und wohl kaum ausrückte, wenn es bloß um einen belanglosen Flurbrand gehen würde, von denen es in den Sommermonaten einige gab.

»Ich kann Ihnen Filmaufnahmen zur Verfügung stellen«, bot Habicht an, »und Aufnahmen von dem Schuppen, der dort hinten gestanden hat, bevor er letzte Nacht verschwunden ist. Das, was darin zu sehen war, dürfte für Sie sicher aufschlussreich sein.«

Pelzer und die beiden anderen wechselten Blicke.

»Mein Name ist Rupert Sternberg. Ich bin Oberstaatsanwalt«, stellte sich der Größere vor und wies auf den dritten Mann: »Das ist Tom Declare, er ist Polizist. Was Sie sagen, klingt sehr interessant. In welchem Zusammenhang waren Sie denn in dem Gebäude?«

»Es war eine Notsituation«, gab Habicht zurück und schob sofort hinterher: »Wir sollten uns schnellstmöglich meine Aufnahmen anschauen. Außerdem hat Frau Dr. Lapasse, das ist eine Wissenschaftlerin der Düsseldorfer Heinrich-Heine-Uni, sicherlich auch aufschlussreiche Informationen für Sie. Dr. Lapasse verfügt über Pflanzenproben aus dem inzwischen niedergebrannten Feld.«

Habicht spürte das wachsende Interesse bei den Dreien. Vielleicht kam jetzt der Moment, um einen Test zu wagen: »Ich gehe davon aus, dass Sie bei den Hintergründen der Brandstiftung die Verbindung zur Hairesis-Initiative bereits sehen.«

Die Polizisten Oskar Pelzer und Tom Declare verzogen keine Miene, doch in Rupert Sternbergs Gesicht zuckte es.

»Man kann in frei zugänglichen Quellen nachlesen, dass diese Vereinigung schon einmal einen großflächigen Waldbrand in Düsseldorf gelegt hat, um ihre Ziele zu erreichen«, entgegnete der Oberstaatsanwalt diplomatisch.

»Nun ja, ich kann Sie mit einem Kollegen bekannt machen, der sich derzeit wegen der Hairesis-Initiative mit Einschüchterungsversuchen durch den MAD konfrontiert sieht«, fuhr Habicht fort.

Sternberg runzelte die Stirn: »Wieso sollte sich der Militärische Abschirmdienst von so einem Firmenimperium vor den Karren spannen lassen?«, fragte er rhetorisch.

Der alles entscheidende Moment rückte näher, wusste Habicht, als er sagte: »Ich schlage vor, wir treffen uns so bald wie möglich, und ich berichte Ihnen, was ich über ein Projekt mit dem Codenamen ‚Feuerernte' weiß, zeige Ihnen, was ich habe und erkläre Ihnen, was ich über all das denke.«

Die Skepsis kehrte in Oskar Pelzers Gesicht zurück. »Und was wollen Sie dafür?«

»Wenn Sie Ihre Arbeit erledigt haben, möchte ich die von mir gemachten Filmdokumente journalistisch verwenden. Es würde mich außerdem sehr freuen, wenn Sie mir dann ein Interview geben möchten.«

»Das sollte kein Problem sein«, beschloss Sternberg, und Pelzer nickte.

»Sie wissen, wo Sie das Polizeipräsidium in Mönchengladbach finden?«

»Klar!«

»Okay, morgen acht Uhr in meinem Büro?«, schlug Pelzer vor. »Und bringen Sie bitte Ihren besagten Kollegen mit.«

»Ich informiere ihn gleich«, versprach Habicht.

Die Dämmerung lag über dem verkohlten Feld und dem Hardter Wald, die kühle Luft kündigte den kommenden Herbst an. Habicht tippte eine Nachricht an Les Russo auf seinem Smartphone.

»Hat's geklappt?«, fragte Emma.

Habicht schickte die Nachricht ab. »Ja, hat es«, gab er erleichtert zurück. »Aber das wird nun erst einmal eine Weile dauern, bis ich ‚Feuerernte' machen kann.«

»Kommst du dann mit nach Amsterdam?«, fragte Piet.

»Hä?« Habicht verstand nicht.

»Mama meint, solange ich noch nicht in die Schule muss, können wir auch ins Ausland gehen und da arbeiten«, erklärte Piet, was jedoch wenig dazu beitrug, dass Habicht verstand, um was es ging.

»Das ist ein Angebot von der Deutschen Welle. Es geht erstmal um sechs Monate, aber ich habe noch nicht zugesagt«, griff Emma in das Gespräch ein.

»Und? Willst du?«, fragte Habicht.

»Ich will nach Afrika! Nach Mali!«, jammerte Piet.

»Amsterdam fängt doch auch mit ‚A' an«, erinnerte Habicht, was Piet zumindest soweit überzeugte, dass er erstmal nicht weiter quengelte.

»Amsterdam würde mich schon sehr reizen«, gab Emma zu.

»Brauchst du einen Kameramann und Cutter?«, fragte Habicht.

»Langweilt dich das nicht zu sehr?«, stellte Emma die Gegenfrage.

»Dann hätte ich nicht gefragt«, gab Habicht zurück.

»Fahren wir alle nach Afrika?«, fing Piet wieder an.

Emma schüttelte den Kopf. »Rolf und ich jedenfalls nicht.«

»Und was machen wir jetzt?«, fragte Piet gelangweilt.

»Wir packen die Koffer für Amsterdam«, schlug Rolf Habicht vor. »Schon bald geht's los.«

Über den Autor:

Ansgar Fabri, geboren 1982, arbeitet seit seinem 20. Lebensjahr als freier Journalist (Rheinische Post) und war mit 21 Jahren Gewinner eines bundesweiten Literaturwettbewerbs von Amnesty International und Aktion Mensch. Seine prämierte Kurzgeschichte »Alltagsszene« erschien im Buch »Voll die Helden« (Arena Verlag), das als Schullektüre genutzt wurde.

Seit seinem 25. Lebensjahr veröffentlicht er Romane, Kurzgeschichten und Fachbücher bei Verlagen, außerdem organisierte er Buchpublikationen für Institutionen. Sein Debüt als Selfpublisher (»Zirkus der dunkelsten Stunde«) wurde bei TWENTYSIX ein Top-5-Bestseller. »Feuerernte« erreichte beim Wettbewerb »Bestseller von morgen« des KI-Unternehmens QualiFiction Platz 3. Die erste Fassung des Romans entstand in etwa 20 Tagen bei dem internationalen Roman-Schreib-Marathon »NaNoWriMo«, womit Fabri zu den Gewinnern 2019 gehörte.

Fabri machte sein Diplom in Sozialer Arbeit und absolvierte die Weiterbildung zur Lehrkraft für Deutsch als Fremdsprache. Er arbeitete als wissenschaftlicher Mitarbeiter an der Hochschule Niederrhein, an der er seit seinem 28. Lebensjahr als Lehrbeauftragter für Kreatives Schreiben unterrichtet.

Weitere Lehrtätigkeiten: u.a. für ein Projekt des Literaturbüros NRW, für die VHS Düsseldorf und VHS Mönchengladbach (Kreatives Schreiben), außerdem am Institut für Internationale Kommunikation Düsseldorf und am Goethe-Institut (Deutsch als Fremdsprache).

Mit seiner Frau, der Kulturpädagogin Nadine Fabri, und seinem Sohn Noah lebt er in Mönchengladbach.

Weitere Publikationen

des Autors

Top-5-Bestseller bei TWENTYSIX

Zirkus der dunkelsten Stunde

Nacht für Nacht verschwindet der vierjährige Sohn Leon des Mönchengladbacher Oberstaatsanwalts Dr. Rupert Sternberg.

Zunächst glauben Sternberg und seine Frau Elli noch an Schlafwandeln, doch dann kommt es zu weiteren beängstigenden Ereignissen.

Als die beiden herausfinden, was das alles mit einer grotesken Clownpuppe zu tun hat, schwebt die ganze Familie bereits in höchster Gefahr.

»Der Mönchengladbacher Autor Ansgar Fabri hat seinen vierten Roman geschrieben. ‚Zirkus der dunkelsten Stunde' heißt er, und er ist in Wirklichkeit ein Psychothriller. Und was für einer. Der Leser erlebt das Grauen, das im Laufe der Handlung immer unerträglicher wird, Seite für Seite mit.«
Inge Schnettler, Rheinische Post

»Ein packendes Buch, alarmierend nah an der Wirklichkeit, gut recherchiert, einfühlsam und rasant erzählt.« **Magazin Hindenburger**

Hinter den Ginstertrieben

Die Studentin Klaudia führt ein Doppelleben: als Borderlinerin und als Krisenberaterin beim Sorgentelefon. Ihr Leben gerät aus den Fugen, als ein Kinderschänder sie um psychologische Beratung bittet. Sie entlarvt ihn als den Albtraum ihrer Kindheit. Der Mann ahnt nicht, wem er seine Gedanken und Ängste am Sorgentelefon anvertraut. Während die Welt um sie herum in einem zermürbenden Wetterchaos versinkt, forscht Klaudia weiter nach und kommt zu einer schockierenden Erkenntnis: Sie muss den Mann zum Selbstmord bewegen - durch das Telefon, mit psychologischer Manipulation.

»Wenn Ansgar Fabri einen Krimi schreibt, dann kommt am Ende irgendwie immer mehr als ein Krimi dabei heraus. Stets liefert der Mönchengladbacher eine psychologische Dimension mit.«
Rheinische Post

Der Saulus Effekt

Für seine groteske Selbsttherapie schafft der Erfolgscoach Paulus das scheinbar Unmögliche: Noch vor der Polizei fängt er den Mörder seiner Frau und sperrt ihn in ein Kellerverlies in einem abgelegenen Waldhaus. Dort befragt er ihn mit Techniken des Neuro-Linguistischen Programmierens, Methoden, mit denen er sonst Top-Manager coacht, nur um das Verbrechen zu verstehen. Zu spät merkt Paulus, dass sein Gefangener Mitglied einer gefährlichen Sekte ist, die es nun auf ihn abgesehen hat. Paulus merkt, dass er das Töten vom Mörder seiner Frau lernen muss, um diesen umzubringen - wenn er, Paulus, nicht selbst das nächste Opfer werden will.

»Den Gleichklang gegenwärtiger Krimiliteratur durchbricht Ansgar Fabri in seinem zweiten Roman ‚DER SAULUS EFFEKT` durch eine innovative und klug durchdachte Handlung.«
Christian Hensen, Rheinische Post

»Ein sehr faszinierendes Buch ist der ‚Saulus Effekt'. Ich wollte es gar nicht mehr aus der Hand legen, ein Buch, das man verschlingt.«
Jörg Tomzig, Niersradio

Raptus

Der brutale Mord an einem amerikanischen Soldaten im Mönchengladbacher NATO-Stadtteil »Joint Headquarters« sorgt für Wirbel in höchsten Kreisen. FBI-Agent Gordon Northborn wird an den Niederrhein beordert, um mit dem Mönchengladbacher Ermittler Oskar Pelzer und dessen Team den Fall zu untersuchen. Weitere Soldaten werden auf immer drastischere Weise getötet. Das deutsch-amerikanische Ermittlerteam vermutet einen Täter, der selbst Opfer ist. Schon bald eskalieren die Ereignisse.

»Ansgar Fabri setzt sich in seinem Psychothriller auf spannende und mitreißende Weise mit der Thematik der posttraumatischen Belastungsstörung und ihren verheerenden Ausmaßen auseinander.«
Magazin HINDENBURGER

»Packend, aufreibend, tiefschürfend und lehrreich.«
Rheinische Post

»Ansgar Fabri schreibt Psychothriller, die unter die Haut gehen.« **Niersradio**

Join the Headquarter
Ansgar und Nadine Fabri

Es war das wohl größte britische Dorf außerhalb des englischen Königreichs, dann verwandelte es sich in eine Geisterstadt und wurde zeitweise als Nachfolgeort für den legendären »Rock am Ring« gehandelt – die Joint Headquarters in Mönchengladbach. Erfahren Sie in anschaulichen Reportagen Wissenswertes über das, was in diesem ungewöhnlichen Garnisonsstadtteil Mönchengladbachs passierte, und lesen Sie in mehreren Kurzgeschichten, was dort vielleicht noch hätte passieren können, aber (oft zum Glück) nicht passiert ist. In der umfangreichen Geschichte »Alternative Null« entwirft das Autorenpaar eine düstere Zukunftsvision vom JHQ, die an vielen Schauplätzen mit Wiedererkennungseffekt spielt.

»Super spannend geschrieben!«
Lena Sapper, TV-Journalistin CityVision

Kreatives Schreiben lernen

**Praxiskurse auf Hochschulniveau
mit Ansgar und Nadine Fabri**

- Kreativitätstechniken anwenden
- Aus Ideen systematisch einen Plot erstellen
- faszinierende Figuren entwickeln
- Spannung aufbauen und maximieren
- treffend und anschaulich formulieren
- dynamische Dialoge schreiben
- ein Schreibprojekt starten und fertigstellen
- Schreibblockaden überwinden
- Textüberarbeitung und mit Alpha- und Betalesern arbeiten
- fit für den Roman-Schreib-Marathon »National Novel Writing Month«(NaNoWriMo)
- Crashkurs publizieren - mit oder ohne Verlag

Die Kurse finden bei verschiedenen Institutionen oder online statt.

Weitere Informationen zu Publikationen, Projekten und Lehrtätigkeiten auf:
www.fabri-k.de